背單字是成功的第一步！

　　承辦全民英檢的「語言訓練測驗中心」，公佈了全民英檢參考字表，初級 2,263 個字，中級 2,684 個字，「中級檢定測驗」中的字彙，約有百分之九十，出自他們所公佈的字彙。

　　我們知道「中級英檢」考試的題型，現在又知道了要考的字彙，準備起來就輕鬆了。我們將他們公佈的字彙，配合「劉毅英文」電腦統計的「升大學字彙」，刪去單字相同、詞類不同者，如 amuse，amused，amusing，amusement，我們只選擇 amuse，又如 annoy，annoyed，annoying，我們選擇原形的 annoy；再刪掉太簡單的，如 self（自己）及 sentence（句子），及太偏的，如 Singaporean（新加坡人），精選出 1,000 個核心單字。我們讓你花最少的時間，背最有價值的東西，這 1,000 個單字，你一定要背得滾瓜爛熟。

碰到不會的單字，不要死背，可利用「比較法」，用你已知的單字來聯想，如 rival（對手）這個字不會，就用 arrival（到達）和它加以比較，勉強死背，背了會忘。分音節來背，也是一個辦法，如：23895212 這個電話號碼不容易記，但如果改成 2-389-5212 就容易背了。你也可以用「字根分析法」來背單字，如：

auto｜bi'o｜graphy　*n.* 自傳
self｜life｜writing （自己一生的記錄）

單字的字根，可查「學習出版公司」所出版的「英文字根字典」。

　　本書雖經審慎校對，力求正確無誤，但仍恐有疏漏之處，誠盼各界先進不吝批評指正。

劉　毅

UNIT 1

Unit 1~5

¹ **accuse** 〔 əˈkjuz 〕	*v.* 控告 【*accuse sb. of sth.* 控告某人某事 (= *charge sb. with sth.*)】
² **fantasy** 〔ˈfæntəsɪ〕	*n.* 幻想 【fantasy = imagination = vision】
³ **erase** 〔ɪˈres〕	*v.* 擦掉 erase〔ɪˈres〕*v.* 擦掉 eraser〔ɪˈresɚ〕*n.* 橡皮擦
⁴ **concerning** 〔kənˈsɝnɪŋ〕	*prep.* 關於 【concerning = regarding = respecting = about】
⁵ **ignorance** 〔ˈɪgnərəns〕	*n.* 無知 【動詞是 ignore〔ɪgˈnor〕*v.* 忽視】

6 creative
(krɪ'etɪv)

adj. 有創造力的

【動詞是 create (krɪ'et) v. 創造】

7 worn
(worn)

adj. 破舊的

【worn 也是 wear (穿;戴) 的過去分詞】

8 access
('æksɛs)

n. 使用權

【*have access to* 有使用~的權利】

9 crow
(kro)

v. 啼叫　　n. 烏鴉

row (ro) n. 排
crow (kro) v. 啼叫

10 emphasis
('ɛmfəsɪs)

n. 強調

【動詞是 emphasize ('ɛmfə,saɪz) v. 強調】

¹¹ **accustomed**
(ə'kʌstəmd)

adj. 習慣的
【*be accustomed to + V-ing*
「習慣於~」(= *be used to*
+ *V-ing*) 常考】

¹² **industrial**
(ɪn'dʌstrɪəl)

adj. 工業的
【industrious (ɪn'dʌstrɪəs)
則是「勤勞的」，這兩個字都
是 'industry (工業；勤勉)
的形容詞】

¹³ **tow**
(to)

v. 拖吊
【不要和 two (二) 搞混】

¹⁴ **fatal**
('fetḷ)

adj. 致命的
【fatal = lethal = deadly
= mortal】

¹⁵ **gamble**
('gæmbḷ)

v. 賭博
【先背 game (遊戲)】

16 aged
('edʒɪd, edʒd)

adj. 年老的；…歲的
【「aged + 數字」表「～歲」】

17 physical
('fɪzɪkḷ)

adj. 身體的
【字尾是 ical，重音在倒數第三音節上】

18 steady
('stɛdɪ)

adj. 穩定的
【steady = stable】

19 terrify
('tɛrə,faɪ)

v. 使害怕
【terrify = horrify = frighten = scare】

20 delivery
(dɪ'lɪvərɪ)

n. 遞送
【delivery = de + liver(肝)+ y，古時候肝很貴，通常把肝送給病人吃。動詞是 deliver(dɪ'lɪvə) *v.* 遞送】

UNIT 1

1 They <u>accused</u> him of taking bribes.

2 His talk about setting up his own kingdom is nothing but <u>fantasy</u>.

3 Henry carefully <u>erased</u> his mistake and wrote in the correct answer.

4 <u>Concerning</u> his address, I know nothing.

5 <u>Ignorance</u> is bliss.

6 He is a <u>creative</u> writer.

7 They threw the <u>worn</u> rugs away.

8 Students have free <u>access</u> to the library.

9 The cock <u>crowed</u>.

10 A special <u>emphasis</u> was placed on cutting costs.

UNIT 1

1 他們<u>控告</u>他收受賄賂。

2 他說想要<u>建立</u>自己的王國,那只是<u>幻想</u>。

3 亨利小心地<u>擦掉</u>錯誤,然後寫上正確的答案。

4 <u>有關</u>他的住址,我完全不知道。

5 【諺】<u>無知</u>便是福。

6 他是一位有<u>創造力</u>的作家。

7 他們把那些<u>破舊的</u>地毯扔掉了。

8 學生可以自由<u>使用</u>圖書館。

9 公雞啼叫報曉。

10 特別<u>強調</u>刪減經費。

11 She is <u>accustomed</u> to rising early.

12 Japan is an <u>industrial</u> nation.

13 The truck that had a breakdown was <u>towed</u> to the garage.

14 The blow on his head was <u>fatal</u> to him.

15 They <u>gambled</u> at cards all night.

16 The <u>aged</u> woman was wrinkled and bent. They've got two children, <u>aged</u> three and seven.

17 He suffered no <u>physical</u> injury.

18 The city has seen a <u>steady</u> increase in population in recent years.

19 The prospect of nuclear war <u>terrifies</u> everyone.

20 We have three <u>deliveries</u> every day.

11 她習慣早起。

12 日本是工業國家。

13 那輛故障的貨車被拖到修車廠。

14 打在頭部的重擊是他的致命傷。

15 他們賭了整晚的紙牌。

16 這個老太太滿臉皺紋，彎腰駝背。

他們有兩個孩子，一個三歲，一個七歲。

17 他身體沒有受傷。

18 這城市近年來人口穩定增加。

19 想到未來可能發生核子戰爭，人人都非常
害怕。

20 我們每天送三次。

UNIT 2

¹ cunning
（'kʌnɪŋ）

adj. 狡猾的

【cunning = sly〔slaɪ〕，背這個單字可先背 run（跑）的現在分詞 running】

² appetite
（'æpə,taɪt）

n. 食慾

【appetizer 是指「開胃菜」】

³ affection
（ə'fɛkʃən）

n. 感情

> affect〔ə'fɛkt〕v. 影響
> affection〔ə'fɛkʃən〕n. 感情

⁴ infant
（'ɪnfənt）

n. 嬰兒

【-ant 是表「人」的字尾，像僕人是 servant】

⁵ session
（'sɛʃən）

n. 開會

【這個字是 ses + sion】

6 inform
(ɪn'fɔrm)

v. 通知
【inform = in + form（形式），***inform** sb. **of** sth.* 「通知某人某事」】

7 imaginary
(ɪ'mædʒə,nɛrɪ)

adj. 虛構的
【imaginative 則是「富有想像力的」】

8 objective
(əb'dʒɛktɪv)

adj. 客觀的
【「主觀的」是 subjective (səb'dʒɛktɪv)】

9 meadow
('mɛdo)

n. 草地
【mow 是指「割（草）」】

10 install
(ɪn'stɔl)

v. 安裝
【名詞是 installation（安裝），installment 是指「分期付款的錢」】

11 harm
(harm)

v. 傷害

> harm (harm) v. 傷害
> harmful ('harmfəl) adj.
> 　有害的

12 financial
(faɪ'nænʃəl)

adj. 財務的
【字尾是 ial，重音在倒數第二音節上】

13 flee
(fli)

v. 逃走
【flee = escape】

14 destruction
(dɪ'strʌkʃən)

n. 破壞
【動詞是 destroy (dɪ'strɔɪ) v. 破壞】

15 fetch
(fɛtʃ)

v. 去拿來
【fetch = fet (feet) + ch (去)，雙腳走去拿東西】

16 define
〔dɪ'faɪn〕

v. 下定義
【名詞是 definition
〔͵dɛfə'nɪʃən〕*n.* 定義】

17 poll
〔pol〕

n. 民意調查
【不要和 pole「(南、北)極」
搞混】

18 weed
〔wid〕

n. 雜草
【weed killer 是指「除草劑」】

19 ambition
〔æm'bɪʃən〕

n. 野心；抱負
【形容詞是 ambitious
〔æm'bɪʃəs〕*adj.* 有抱負的】

20 substitute
〔'sʌbstə͵tjut〕

v. 用～代替
【***substitute*** A ***for*** B「用 A 代替
B」，'substitute –'institute –
'constitute 要一起背】

sub	+ stitute	
		(站在下面來
under	+ *stand*	取而代之)

UNIT 2

1 By a <u>cunning</u> trick he became president of the company.

2 A good <u>appetite</u> is a good sauce.

3 The <u>affection</u> of parents for their children will never change.

4 A young couple with an <u>infant</u> have moved in upstairs.

5 Congress is now in <u>session</u>.

6 Please <u>inform</u> me of your arrival.

7 All of her troubles are <u>imaginary</u>.

8 The judge said he could not be <u>objective</u> because his own son had entered the contest.

9 We had a picnic in a <u>meadow</u> next to the river.

10 We will have to <u>install</u> a new air conditioner; this one is not worth repairing.

UNIT 2

¹ 他用<u>狡猾的</u>詭計成為公司的總裁。

² 【諺】好的<u>胃口</u>就是好的調味料;飢不擇食。

³ 父母對子女的<u>感情</u>永遠不變。

⁴ 樓上搬來了一對年輕夫婦,他們有個<u>小嬰兒</u>。

⁵ 國會現在正在<u>開會</u>中。

⁶ 請<u>通知</u>我你將於何時到達。

⁷ 她的擔憂實際上全都是<u>不存在的</u>。

⁸ 這名裁判說他沒辦法客觀,因為他自己的兒子也參加了這場比賽。

⁹ 我們在河邊的<u>草地</u>上野餐。

¹⁰ 我們必須<u>裝</u>新空調;這台沒有修理的價值。

11 The terrorist <u>harmed</u> one of the passengers.

12 The government is now in <u>financial</u> difficulty.

13 When the rabbits heard us approach, they began to <u>flee</u>.

14 War usually means <u>destruction</u>, rather than construction.

15 Father asked me to <u>fetch</u> his glasses from upstairs.

16 It is hard to <u>define</u> this word.

17 The most recent <u>poll</u> told the candidate that he was losing support.

18 The garden is full of <u>weeds</u> because no one has been taking care of it.

19 His <u>ambition</u> is to be a millionaire.

20 I have <u>substituted</u> apples for the peaches.

¹¹ 恐怖份子<u>傷害</u>了其中一名乘客。

¹² 政府現在有<u>財務</u>困難。

¹³ 當兔子聽到我們接近,就開始<u>逃走</u>。

¹⁴ 戰爭常意味著<u>破壞</u>,而非建設。

¹⁵ 父親要我<u>去</u>樓上把他的眼鏡<u>拿來</u>。

¹⁶ 這個字很難<u>下定義</u>。

¹⁷ 最新的<u>民意調查</u>告訴這名候選人說,他失去支持了。

¹⁸ 這個花園因為沒有人在照顧,而長滿了<u>雜草</u>。

¹⁹ 他的<u>抱負</u>是成為一個百萬富翁。

²⁰ 我已經<u>用</u>蘋果來代替桃子。

UNIT 3

¹ **differ**
　('dɪfə·)

　v. 不同
　【differ + ent = different】

² **recite**
　(rɪ'saɪt)

　v. 背誦
　【recite = re + cite（引用）】

³ **monument**
　('manjəmənt)

　n. 紀念碑

monu + ment
| |
remind + *n.*

　（使人想起過去的事）

⁴ **suppose**
　(sə'poz)

　v. 以為

sup + pose
| |
under + *put*

　（放在心底的想法）

⁵ **analysis**
　(ə'næləsɪs)

　n. 分析
　【動詞是 analyze ('ænḷ,aɪz) *v.* 分析】

⁶ **memorize**
(ˈmɛməˌraɪz)

v. 記憶；背誦

【字尾是 ize，重音在倒數第三音節上】

⁷ **assemble**
(əˈsɛmbl̩)

v. 裝配

【不要和 resemble (像) 搞混】

as + semble
|　　　|
to + same

⁸ **refuse**
(rɪˈfjuz)

v. 拒絕

【相反詞是 accept (接受)】

⁹ **staff**
(stæf)

n. (全體) 職員

【staff 是集合名詞】

¹⁰ **magnificent**
(mægˈnɪfəsn̩t)

adj. 壯麗的

【magnificent (壯麗的) 和significant (重大的) 的拼法容易搞混】

11 compound
('kɑmpaʊnd)

n. 混合物

【compound = mixture】

com	+	pound
together	+	*put*

12 decay
(dɪ'ke)

v. 腐爛

【decay = rot】

13 detective
(dɪ'tɛktɪv)

n. 偵探

【動詞是 detect (dɪ'tɛkt)
v. 發現】

14 independence
(ˌɪndɪ'pɛndəns)

n. 獨立

【先背 depend (依賴)】

15 tolerate
('tɑləˌret)

v. 忍受

【字尾 ate，重音在倒數第
三音節上】

¹⁶ **fit**
〔fɪt〕

v. 適合
【fit 也可當形容詞用】

¹⁷ **foam**
〔fom〕

n. 泡沫
【foam 是不可數名詞】

¹⁸ **complex**
〔'kɑmplɛks,
kəm'plɛks〕

adj. 複雜的
【complex = complicated
〔'kɑmpləˌkɛtɪd〕】

¹⁹ **restore**
〔rɪ'stor〕

v. 恢復
【restore = re + store（儲存）】

²⁰ **oppose**
〔ə'poz〕

v. 反對
【pose–oppose–suppose 這
三個字要一起背，oppose =
be opposed to = object to】

op	+ pose	
|	|	（放在相反的
against	+ *put*	地方）

UNIT 3

[1] He <u>differs</u> from his brothers in looks.

[2] The students were asked to <u>recite</u> the poem they had learned the day before.

[3] A <u>monument</u> to the war hero will be placed in the park.

[4] I <u>suppose</u> you will be selling the land.

[5] We made a careful <u>analysis</u> of the problem.

[6] I want to <u>memorize</u> this poem.

[7] Given all the parts, he can easily <u>assemble</u> a bicycle.

[8] Martha <u>refused</u> his offer of help.

[9] The executive has a <u>staff</u> of four to help him with research.

[10] There is a <u>magnificent</u> palace.

UNIT 3

1 他的長相和幾個兄弟<u>不同</u>。

2 學生們被要求<u>背誦</u>他們前一天學的那首詩。

3 那名戰爭英雄的<u>紀念碑</u>將被放在這座公園裡。

4 我<u>以為</u>你會賣這塊土地。

5 我們仔細<u>分析</u>了這個問題。

6 我想把這首詩<u>背</u>下來。

7 如果給他所有的零件，他就能輕易地<u>裝配</u>好一輛腳踏車。

8 瑪莎<u>拒絕</u>他的幫忙。

9 這位經理有四名<u>職員</u>協助他做研究。

10 那裡有座<u>壯麗的</u>宮殿。

11 Air is a <u>compound</u> of many gases.

12 The wooden floor began to <u>decay</u>.

13 <u>Detectives</u> searched the house, looking for clues.

14 The three Baltic republics have declared <u>independence</u>.

15 The people could not <u>tolerate</u> that military regime.

16 It's hard to find shoes that will <u>fit</u> me.

17 Bill doesn't often drink draft beer because he doesn't like the <u>foam</u>.

18 Abortion is a <u>complex</u> issue.

19 The old building was <u>restored</u> to its original condition and opened as a museum.

20 Most residents <u>oppose</u> the building of the nuclear power plant.

¹¹ 空氣是多種氣體的<u>混合物</u>。

¹² 木頭地板開始<u>腐爛</u>了。

¹³ <u>偵探</u>搜索這間房子，尋找線索。

¹⁴ 波羅的海三小國已宣布<u>獨立</u>。

¹⁵ 人民不能<u>容忍</u>軍權統治。

¹⁶ 想要找到<u>合</u>我腳的鞋很難。

¹⁷ 比爾不常喝生啤酒，因為
他不喜歡<u>泡沫</u>。

¹⁸ 墮胎是一個<u>複雜的</u>議題。

¹⁹ 這棟老舊的建築物被<u>恢復</u>成原來的狀態，
並且開放當博物館。

²⁰ 大部分的居民都<u>反對</u>興建核能發電廠。

UNIT 4

1 pride〔praɪd〕	*n.* 驕傲；自豪【形容詞是 proud〔praʊd〕*adj.* 驕傲的；自豪的】
2 probable〔'prɑbəbḷ〕	*adj.* 可能的【probable = likely】
3 regarding〔rɪ'gɑrdɪŋ〕	*prep.* 關於【regarding = respecting = concerning = about】
4 manage〔'mænɪdʒ〕	*v.* 設法【manage 背不下來，可先背 manager（經理）】
5 proverb〔'prɑvɝb〕	*n.* 諺語【要注意這個字重音在第一個音節】

6 mature
〔mə'tʃʊr〕

adj. 成熟的

【相反詞是 childish（幼稚的）】

7 ancestor
〔'ænsɛstɚ〕

n. 祖先

【「子孫」是 descendant
〔dɪ'sɛndənt〕】

8 impress
〔ɪm'prɛs〕

v. 使印象深刻

im + press
|　　　|
on + 壓　　（壓在心上，就有
　　　　　　印象）

9 artificial
〔͵ɑrtə'fɪʃəl〕

adj. 人工的

【字尾是 ial，重音在倒數第二音
節上】

10 charity
〔'tʃærətɪ〕

n. 慈善

【charity 也作「慈善機構」解】

11 **unite**
〔 juˈnaɪt 〕

v. 聯合

【uni- 是表「單一」的字首】

12 **previous**
〔ˈprivɪəs 〕

adj. 先前的

【字尾是 ious，重音在 ious 的前一個音節上】

13 **endure**
〔 ɪnˈdjʊr 〕

v. 忍受

【endure = stand = tolerate = bear = put up with 】

14 **philosophy**
〔 fəˈlɑsəfɪ 〕

n. 哲學

```
philo + sophy
  |        |
love  + wisdom
```
（哲學就是愛好智慧）

15 **pregnant**
〔ˈprɛgnənt 〕

adj. 懷孕的

【Are you expecting?

這句話是問對方：「妳有沒有懷孕？」】

16 adequate
('ædəkwɪt)

adj. 足夠的

【adequate = enough】

17 concentrate
('kɑnsn̩‚tret)

v. 專心

【***concentrate on*** 專心於】

con	+ centr	+ ate
together	*center*	*v.*

18 herd
(hɝd)

n. (牛) 群

【不要和 herb (草藥) 搞混】

19 deed
(did)

n. 行為

【deed 源自於 do (做)】

20 dormitory
('dɔrmə‚torɪ)

n. 宿舍

【dorm 是 dormitory 的簡稱】

UNIT 4

1 Jessica felt a sense of <u>pride</u> when she finally overcame her fear.

2 His greed is the most <u>probable</u> explanation.

3 I spoke to Mary <u>regarding</u> the meeting.

4 He <u>managed</u> to save a few dollars.

5 My father often quotes a <u>proverb</u> to make his point.

6 Although Julie is only twelve, I think she is <u>mature</u> enough to take care of her little sister.

7 His <u>ancestors</u> came to America on the Mayflower.

8 I'm <u>impressed</u> with what you have achieved.

9 A lifeguard has to know the procedures for performing <u>artificial</u> respiration.

10 She gave the old woman some shoes out of <u>charity</u>.

UNIT 4

1 當潔西卡終於克服恐懼時，她感到很<u>自豪</u>。

2 最有<u>可能的</u>解釋就是他的貪婪。

3 我跟瑪麗談了<u>關於</u>這場會議的事。

4 他<u>設法</u>存了幾塊錢。

5 我父親常會引用<u>諺語</u>來證明他的論點。

6 雖然茱麗只有十二歲，但是我認爲她已經
夠<u>成熟</u>能夠照顧她妹妹了。

7 他的<u>祖先</u>乘「五月花號」來到美國。

8 我對你的成就<u>印象深刻</u>。

9 救生員必須知道進行<u>人工</u>吸呼的步驟。

10 她出於<u>善心</u>給了老太太幾雙鞋。

11 Their common interests <u>united</u> these two countries.

12 It is illustrated on the <u>previous</u> page.

13 We've had to <u>endure</u> a whole night in the open.

14 "There's no such thing as a free lunch" is his father's <u>philosophy</u>.

15 Lisa announced that she was <u>pregnant</u> and that the baby was due in March.

16 The food in the refrigerator is <u>adequate</u> for the weekend.

17 While driving, you must <u>concentrate</u> on the road.

18 A <u>herd</u> of cattle is blocking the road.

19 The bystander who stopped the thief was praised for his brave <u>deed</u>.

20 The <u>dormitory</u> has a long waiting list.

11 共同的利益使這兩國<u>聯合</u>起來。

12 這在<u>前</u>一頁有圖解說明。

13 我們得<u>忍受</u>一夜露宿。

14 「天下沒有白吃的午餐」是他父親的<u>哲學</u>。

15 麗莎宣布她<u>懷孕</u>了，而且嬰兒的預產期在
三月。

16 冰箱裡的食物<u>夠</u>我們週末吃。

17 你開車的時候，要<u>專心</u>看路。

18 牛<u>群</u>堵塞了道路。

19 那名攔下小偷的旁觀者，因爲他的勇敢<u>行爲</u>
而受到讚美。

20 有很多人等著要住進<u>宿舍</u>。

UNIT 5

¹ **atomic**
(ə'tɑmɪk)

adj. 原子的
【名詞是 atom ('ætəm) *n.* 原子】

² **subtract**
(səb'trækt)

v. 減

```
sub  + tract
 |       |
under + draw  (往下拉)
```

³ **auxiliary**
(ɔg'zɪljərɪ)

n. 助動詞
【auxiliary 當形容詞時，作「輔助
的」解】

⁴ **device**
(dɪ'vaɪs)

n. 裝置
【devise (dɪ'vaɪz) *v.* 設計；發明，
為 device 的動詞】

⁵ **pour**
(por)

v. 傾倒
【pour 也作「下傾盆大雨」解】

6 obedient
〔ə'bidɪənt〕

adj. 服從的；聽話的
【動詞是 obey〔ə'be〕*v.* 服從；
遵守】

7 evidence
〔'ɛvədəns〕

n. 證據
【evidence = proof】

8 tickle
〔'tɪkḷ〕

v. 搔癢

| tick〔tɪk〕*v.* 發出滴答聲 |
| tickle〔'tɪkḷ〕*v.* 搔癢 |

9 destroy
〔dɪ'strɔɪ〕

v. 破壞
【形容詞是 destructive
〔dɪ'strʌktɪv〕*adj.* 破壞性的】

10 economy
〔ɪ'kɑnəmɪ〕

n. 經濟
【不要搞混 economic（經濟的）
和 economical（節省的），且這
兩個字的重音都在第三音節】

11 limitation
(ˌlɪmə'teʃən)

n. 限制
【limitation = restriction】

12 await
(ə'wet)

v. 等待
【await = wait for】

13 admission
(əd'mɪʃən)

n. 入學許可
【動詞是 admit (əd'mɪt) *v.*
承認;准許進入】

14 progressive
(prə'grɛsɪv)

adj. 進步的
【名詞是 progress ('pragrɛs)
n. 進步;「民進黨」叫作
Democratic Progressive
Party,簡稱 DPP】

pro	+ gress	+ ive
forward	+ go	+ adj.

15 involve
(ɪn'valv)

v. 牽涉

in	+ volve
in	+ roll

16 promising
〔'prɑmɪsɪŋ〕

adj. 有前途的

【背這個字，要先背 promise（保證），去 e 再加 ing】

17 counter
〔'kaʊntɚ〕

n. 櫃台

| count v. 數 |
| counter n. 櫃台 |

18 recognition
〔ˌrɛkəg'nɪʃən〕

n. 認識

【動詞是 recognize〔'rɛkəgˌnaɪz〕v. 認出】

19 suspect
〔sə'spɛkt〕

v. 懷疑

【suspect 當名詞時，作「嫌疑犯」解，唸成〔'sʌspɛkt〕】

20 appliance
〔ə'plaɪəns〕

n. 家電用品

【背這個字，要先背 apply（運用），去 y 再加 iance】

UNIT 5

1 The idea of <u>atomic</u> power frightens some people.

2 <u>Subtract</u> 5 from 7, and you have 2.

3 Words such as have, can, or will are all examples of <u>auxiliaries</u>.

4 This is an ingenious <u>device</u>.

5 Can I <u>pour</u> some tea for you?
   It never rains but it <u>pours</u>.

6 The child is <u>obedient</u> to his parents.

7 The case has been dismissed for lack of <u>evidence</u>.

8 The baby laughed when his father <u>tickled</u> his feet.

9 The army has <u>destroyed</u> the rebel base.

10 The <u>economy</u> of our country will take a turn for the better.

UNIT 5

1 原子動力的概念讓一些人感到害怕。

2 七減五等於二。

3 像 have，can 或 will 這些字全都是助動詞的例子。

4 這是一個很精巧的裝置。

5 我倒杯茶給你好嗎？
【諺】不下則已，一雨傾盆；禍不單行。

6 這個孩子很聽父母的話。

7 這件案子因為缺乏證據而被撤銷了。

8 當這個嬰兒的父親搔他的腳底時，他就笑了。

9 軍隊已經破壞了叛軍的基地。

10 我國的經濟將會好轉。

11 There is a <u>limitation</u> on car imports.
    He knows his own <u>limitations</u>.

12 You may <u>await</u> your visitors in the Arrival Hall.

13 He got <u>admission</u> to the school.

14 The new chairman is quite <u>progressive</u>.

15 Some senators were <u>involved</u> in the scandal.

16 Jim is a <u>promising</u> young violinist and with enough practice he could become a professional.

17 Shall we sit at a table or at the <u>counter</u>?

18 I said hello to her but she showed no <u>recognition</u> of me.

19 The forest rangers <u>suspected</u> that an unextinguished cigarette butt was the cause of the fire.

20 This washing machine was the first <u>appliance</u> we bought after we got married.

11 汽車的進口有設限。
他知道自己的極限。

12 你可以在入境大廳等候你的訪客。

13 他獲得該校的入學許可。

14 新任主席的作風非常進步。

15 某些參議員涉及那件醜聞。

16 吉姆是個有前途的年輕小提琴演奏者,再
加上充分的練習,他可能會變成一個專家。

17 我們要找張桌子坐,還是就坐在櫃台邊?

18 我和她打招呼,她卻露出一副不認識我的
樣子。

19 森林管理員懷疑這場火災,是由未熄滅的
煙蒂所引起的。

20 這台洗衣機是我們結婚之後買的第一個
家電用品。

UNIT 6

Unit 6～10

¹ **devil** （'dɛvḷ）	*n.* 魔鬼 【devil = d + evil（邪惡的）】
² **excursion** （ɪk'skɜʒən）	*n.* 遠足

```
ex + curs + ion
 |     |     |
out + run +  n.    （向外跑出去）
```

³ **pursue** （pə'su）	*v.* 追求；追捕 【名詞是 pursuit（pə'sut）*n.* 追求】
⁴ **frequent** （'frikwənt）	*adj.* 經常的 【名詞是 frequency（'frikwənsɪ） *n.* 頻繁；頻率】
⁵ **brilliant** （'brɪljənt）	*adj.* 燦爛的 【brilliant = bright = shining = sparkling】

6 weigh
〔 we 〕

v. 稱重
【名詞是 weight 〔 wet 〕 *n.* 重量】

7 related
〔 rɪ'letɪd 〕

adj. 有關的
【***be related to*** 和~有關】

8 stereo
〔 'stɛrɪo 〕

n. 立體音響

<u>stereo</u> *n.* 立體音響
<u>stereo</u>type *n.* 刻板印象

9 expose
〔 ɪk'spoz 〕

v. 暴露；使接觸
【***be exposed to*** 暴露在~之中；
接觸到】

ex + pose
| |
out + *put*   （放在外面）

10 grasp
〔 græsp 〕

v. 抓住
【相反詞是 let go（放開）】

11 exhaust
〔 ɪgˈzɔst 〕

v. 使筋疲力盡

【此字當名詞時，作「廢氣」解】

```
ex  + haust
|      |
out + draw    (把力氣都抽出來)
```

12 conduct
〔 kənˈdʌkt 〕

v. 傳導；做

【此字當名詞時，作「行為」解，
唸成〔ˈkɑndʌkt 〕】

13 patience
〔ˈpeʃəns 〕

n. 耐心

【lose *one's* patience with 是指
「對…失去耐心」】

14 frame
〔 frem 〕

n. 骨架；框架

【frame = framework
= structure = skeleton 】

15 convince
〔 kənˈvɪns 〕

v. 使相信

【*be convinced* = believe (相信)】

16 victim
('vɪktɪm)

n. 受害者
【fall victim to 是指「成為…的受害者」】

17 instruct
(ɪn'strʌkt)

v. 指示;教導

in + struct
| |
in + build

(建築在心裡)

18 infect
(ɪn'fɛkt)

v. 傳染
【形容詞是 infectious
(ɪn'fɛkʃəs) *adj.* 傳染性的】

19 injure
('ɪndʒɚ)

v. 傷害
【名詞是 injury ('ɪndʒərɪ) *n.* 傷】

20 passive
('pæsɪv)

adj. 消極的;被動的
【相反詞是 active ('æktɪv) *adj.*
主動的;積極的】

UNIT 6

1 Many horror movies are stories about the <u>devil</u>.

2 My roommates and I plan to make an <u>excursion</u> to the seaside.

3 He <u>pursues</u> only pleasure.
Police <u>pursued</u> the bank robbers on foot.

4 He made <u>frequent</u> visits to the gallery.

5 The diamond sparkles with <u>brilliant</u> light.

6 He <u>weighed</u> himself on the scale.

7 The two problems are <u>related</u> to each other.

8 Don't play your <u>stereo</u> too loud or you will disturb the neighbors.

9 These plants should not be <u>exposed</u> to extreme cold or they may die.

10 Timmy <u>grasped</u> my hand tightly during the scary part of the movie.

UNIT 6

1 許多恐怖片都是講關於魔鬼的故事。

2 我和室友計劃到海邊去遠足。

3 他只追求快樂。
警察徒步追捕銀行搶匪。

4 他經常去那家畫廊參觀。

5 鑽石閃耀著燦爛的光輝。

6 他站在磅秤上量體重。

7 這兩個問題互有關連。

8 音響的聲音不要開太大聲，否則你會打擾
到鄰居。

9 這些植物不應該暴露在太冷的環境下，否
則它們可能會死掉。

10 當電影演到恐怖的部分時，提姆緊緊抓住
我的手。

11 They felt quite <u>exhausted</u> when they reached the top of the mountain.

12 Rubber cannot <u>conduct</u> electricity.

13 I have no <u>patience</u> with such an arrogant man.

14 The <u>frame</u> of the house was completed in a week.

15 I'm <u>convinced</u> that he is innocent.

16 A fund was opened to help the <u>victims</u> of the earthquake.

17 I've <u>instructed</u> the staff to finish the work by tomorrow.

18 Cover your mouth when you cough so that you don't <u>infect</u> others.

19 Nineteen people were <u>injured</u> in the accident.

20 You should stand up for yourself instead of taking such a <u>passive</u> attitude.

11 到達山頂時，他們覺得<u>筋疲力盡</u>。

12 橡膠不會<u>導電</u>。

13 我對這種傲慢的人沒<u>耐心</u>。

14 這棟房子的<u>骨架</u>在一個星期之內就完工了。

15 我<u>相信</u>他是無辜的。

16 有一筆專款被設立，來幫助地震的<u>受害者</u>。

17 我已<u>指示</u>全體員工在明天之前完成工作。

18 當你咳嗽的時候，要搗住嘴巴，這樣就不
   會<u>傳染</u>給別人。

19 在這次的意外事件中，有十九個人受傷。

20 你應該為自己辯護，而不是採取這麼<u>消極</u>
   <u>的</u>態度。

UNIT 7

1 necessity 〔nə'sɛsətɪ〕	*n.* 需要；必要 【先背 necessary〔'nɛsə,sɛrɪ〕 *adj.* 必要的】
2 explanation 〔,ɛksplə'neʃən〕	*n.* 解釋；說明 【動詞是 explain〔ɪk'splen〕 *v.* 解釋】
3 companion 〔kəm'pænjən〕	*n.* 同伴 【company 作「同伴」解時， 為不可數名詞；而 companion 則是可數名詞】
4 casualty 〔'kæʒuəltɪ〕	*n.* 死傷的人 *pl.* 死傷人數 【casual〔'kæʒuəl〕*adj.* 輕便 的，加上 ty，即為 casualty， 通常用複數】
5 lag 〔læg〕	*v. n.* 落後 【jet lag 則是指「時差」】

6 cheerful
('tʃɪrfəl)

adj. 愉快的
【cheerful = cheer（使振作）+ ful】

7 endanger
(ɪn'dendʒɚ)

v. 危害
【而 endangered species 則是「瀕臨絕種的動物」】

8 polish
('palɪʃ)

v. 擦亮
【Polish ('polɪʃ) 則是作「波蘭的」解】

9 communicate
(kə'mjunə,ket)

v. 溝通
【字尾是 ate，重音在倒數第三音節上】

10 mansion
('mænʃən)

n. 豪宅

man *n.* 男人
mansion *n.* 豪宅

¹¹ **adjust**
(ə'dʒʌst)

v. 調整

ad + just
| |
to + right （用到對的位置）

¹² **scarce**
(skɛrs)

adj. 缺乏的

scare (skɛr) *v.* 使害怕
scarce (skɛrs) *adj.* 缺乏的

¹³ **fortune**
('fɔrtʃən)

n. 財富
【fortune 除了表「財富」外，還作「運氣」解】

¹⁴ **cherish**
('tʃɛrɪʃ)

v. 珍惜
【cherish = treasure】

¹⁵ **panel**
('pænl̩)

n. 小組；鑲板
【panel discussion 則是指「小組討論會」】

16 comprehension
〔ˌkɑmprɪˈhɛnʃən〕

n. 理解

【動詞是 comprehend（理解）】

17 beg
〔bɛg〕

v. 乞求

【beggar 即指「乞丐」】

18 sticky
〔ˈstɪkɪ〕

adj. 黏的

【sticker 即指「貼紙」】

19 fist
〔fɪst〕

n. 拳頭

【*shake* one's *fist* 揮拳】

20 announce
〔əˈnaʊns〕

v. 宣布

```
an + nounce
 |      |
to  +  report
```
（大聲報告出來）

UNIT 7

1 <u>Necessity</u> is the mother of invention.

2 I missed the beginning of the TV program, but my sister gave me a brief <u>explanation</u> of the plot.

3 Dr. Watson was the faithful <u>companion</u> of Sherlock Holmes.

4 The enemy suffered heavy <u>casualties</u>.

5 Let's wait for Clark; he's <u>lagging</u> behind again.

6 He is <u>cheerful</u> in spite of his illness.

7 Don't <u>endanger</u> others by driving drunk.

8 Please <u>polish</u> the floor after you wash it.

9 Parents often find it difficult to <u>communicate</u> with their children.

10 Most of the superstars dwell in <u>mansions</u>.

UNIT 7

1 【諺】<u>需要</u>為發明之母。

2 我沒看到這個電視節目的開頭部分，但是
   我姊姊簡短地跟我<u>解釋</u>了一下劇情。

3 華生醫生是夏洛克・福爾摩斯的忠實<u>夥伴</u>。

4 敵人<u>死傷</u>慘重。

5 我們等一下克拉克；他又<u>落後</u>了。

6 他雖然生病，心情還是很<u>愉快</u>。

7 不要酒醉駕車，而<u>危害</u>到別人。

8 在你洗完地板之後，請把它<u>擦亮</u>。

9 父母常會覺得很難跟孩子<u>溝通</u>。

10 大多數的超級巨星都住在<u>豪宅</u>裡。

11 Please <u>adjust</u> the sound. I can barely hear the news.

12 Butter was <u>scarce</u> in wartime.

13 Julia made a <u>fortune</u> in the lottery.

14 They <u>cherished</u> the baby as if it were their own.

15 A <u>panel</u> of judges will choose the best pie in the baking contest.

16 He always acts as if he understands in Japanese class but his <u>comprehension</u> is not that good, actually.

17 You must say you are sorry and <u>beg</u> for forgiveness.

18 The table is <u>sticky</u> where I spilled honey on it.

19 The angry man shook his <u>fist</u> at them.

20 The former singer has <u>announced</u> his candidacy.

¹¹ 麻煩調一下音量。我幾乎聽不到新聞。

¹² 戰時很缺乏奶油。

¹³ 茱莉亞因為中了彩券而致富。

¹⁴ 他們珍愛那嬰兒，視如己出。

¹⁵ 裁判小組會選出烘培大賽中烤得最好的
派。

¹⁶ 他在日文課時，總是裝作很了解的樣子，
但是實際上，他的理解能力沒有那麼好。

¹⁷ 你必須道歉，並且乞求原諒。

¹⁸ 這張桌子被我灑到蜂蜜的地方很黏。

¹⁹ 這名憤怒的男子對他們揮拳相向。

²⁰ 曾是歌手的他宣布參選。

UNIT 8

¹ **discovery**
(dɪˋskʌvərɪ)

n. 發現
【動詞是 discover (dɪˋskʌvə) *v.*
發現】

² **astronaut**
(ˋæstrə͵nɔt)

n. 太空人
【astr 是表 star (星星) 的字根】

---

astronaut *n.* 太空人
astronomer *n.* 天文學家

---

³ **impact**
(ˋɪmpækt)

n. 影響;衝擊
【impact = influence = effect】

⁴ **edit**
(ˋɛdɪt)

v. 編輯
【名詞是 editor (ˋɛdɪtə) *n.* 編輯】

⁵ **afford**
(əˋford)

v. 負擔得起
【形容詞是 affordable (負擔得
起的)】

6 plenty
('plɛntɪ)

n. 很多
【*plenty of* 很多】

7 forecast
(for'kæst)

v. 預報

fore + cast
| |
before + throw

8 bacteria
(bæk'tɪrɪə)

n. pl. 細菌
【單數是 bacterium
(bæk'tɪrɪəm)】

9 declaration
(,dɛklə'reʃən)

n. 宣告；申報
【動詞是 declare (dɪ'klɛr) *v.*
宣布；申報】

10 proper
('prɑpɚ)

adj. 適當的
【proper = appropriate
= suitable】

11 internal
(ɪn'tɝnḷ)

adj. 內部的
【相反詞是 external (ɪk'stɝnḷ)
adj. 外部的】

12 inevitable
(ɪn'ɛvətəbḷ)

adj. 不可避免的
【inevitable = unavoidable】

13 process
('prɑsɛs)

n. 過程
【此字當動詞時，作「加工」解】

pro	+	cess
forward	+	go

14 dose
(dos)

n. (藥的)一劑
【不要和 doze (打瞌睡) 搞混】

15 reluctant
(rɪ'lʌktənt)

adj. 不情願的
【reluctant = unwilling】

16 essential
〔ə'sɛnʃəl〕

adj. 必要的
【字尾是 ial，重音在倒數第二音節上】

17 dismiss
〔dɪs'mɪs〕

v. 下（課）
【Class dismissed. 即表示「下課。」】

18 surrender
〔sə'rɛndɚ〕

v. 投降；屈服
【surrender = yield = give in】

19 civilize
〔'sɪvḷ͵aɪz〕

v. 敎化
【civil〔'sɪvḷ〕*adj.* 國民的；有禮貌的，加 ize，成爲動詞】

20 obtain
〔əb'ten〕

v. 獲得
【obtain = acquire = get】

ob + tain
| |
eye + hold　（抓到眼前）

UNIT 8

1. The <u>discovery</u> of oil on his ranch made him a millionaire.

2. The first <u>astronaut</u> was Yuri Gagarin, who was launched into space in April 1961.

3. The astronaut's speech made such a big <u>impact</u> on Joe that he has decided to study aerospace engineering.

4. He <u>edits</u> textbooks.

5. I can't <u>afford</u> to rent this car.

6. We still have <u>plenty</u> of food.

7. The weather bureau has <u>forecast</u> freezing temperatures for next week.

8. All <u>bacteria</u> are larger than viruses.

9. These events led to the <u>declaration</u> of war.

10. Marrying her was the most <u>proper</u> thing to do.

UNIT 8

¹ 在他的牧場發現石油，使他成為百萬富翁。

² 第一位太空人是尤里・蓋加林，他在一九
六一年四月進入太空。

³ 這名太空人的演講對喬有很大的影響，他
已經決定要研究航太工程學了。

⁴ 他編輯教科書。

⁵ 我租不起這部車子。

⁶ 我們還有很多食物。

⁷ 氣象局預報下禮拜的溫度會很冷。

⁸ 所有細菌都比病毒大。

⁹ 這些事件導致了宣戰。

¹⁰ 娶她是最恰當的了。

¹¹ The doctor specializes in <u>internal</u> medicine.

¹² Death is <u>inevitable</u>.

¹³ The whole world is now in the <u>process</u> of Westernization.

¹⁴ Don't take more than the prescribed <u>dose</u> of this medicine.

¹⁵ Although Tammy was <u>reluctant</u> to take the swimming class, she did anyway.

¹⁶ Milk is an <u>essential</u> ingredient when making ice cream.

¹⁷ The teacher <u>dismissed</u> his class when the bell rang.

¹⁸ The soldiers were outnumbered but they still refused to <u>surrender</u>.

¹⁹ One of the main goals of the colonists was to <u>civilize</u> the natives.

²⁰ She <u>obtained</u> her degree from Stanford.

11 這位醫生專攻<u>內</u>科。

12 死亡是<u>不可避免的</u>。

13 目前全世界都處於西化的<u>過程</u>中。

14 這種藥不能服用超過規定的<u>劑量</u>。

15 雖然泰咪<u>不情願</u>去上游泳課，但她還是
去了。

16 牛奶是做冰淇淋的<u>必要</u>原料。

17 當鈴聲響，老師就讓學生<u>下課</u>。

18 這些士兵的數目沒有對方多，但是他們仍
然拒絕<u>投降</u>。

19 殖民者的主要目標之一，便是<u>教化</u>當地人。

20 她<u>獲得</u>史丹佛大學的學位。

UNIT 9

1 preview
(ˈpriˌvju)

v. 預習

pre	+	view
before	+	see

2 presidential
(ˌprɛzəˈdɛnʃəl)

adj. 總統的
【名詞是 president
(ˈprɛzədənt) *n.* 總統】

3 suck
(sʌk)

v. 吸
【不要和 sock (短襪)
搞混】

4 sigh
(saɪ)

n. 嘆氣
【give a sigh of relief 是指
「鬆了一口氣」】

5 forbid
(fəˈbɪd)

v. 禁止
【forbid = prohibit = ban】

6 qualify
('kwɑlə,faɪ)

v. 有資格

qualify v. 有資格
quality n. 品質

7 moist
(mɔɪst)

adj. 潮濕的

【名詞是 moisture ('mɔɪstʃɚ)
n. 濕氣；水分】

8 persuade
(pɚ'swed)

v. 說服

【相反詞是 dissuade (勸阻)】

9 pose
(poz)

v. 擺姿勢

【pose 當名詞時，作「姿勢」
(= posture ('pɑstʃɚ)) 解】

10 intelligence
(ɪn'tɛlədʒəns)

n. 智力

【IQ (智商) 即 intelligence
quotient 的縮寫】

11 tease
〔tiz〕

v. 嘲弄;逗弄
【tease = t + ease (輕鬆;容易)】

12 survey
〔sə'veˌ〕

v. 調查;勘查

```
sur + vey
 |     |
over + see
```

13 vision
〔'vɪʒən〕

n. 視力
【vision = sight「視力」,這個字
背不下來,可先背 television】

14 register
〔'rɛdʒɪstəˌ〕

v. 註冊;登記
【名詞是 registration
〔ˌrɛdʒɪ'streʃən〕n. 註冊;登記】

15 union
〔'junjən〕

n. 聯盟
【*European Union* 歐盟 (= *EU*)】

16 prayer
〔 prɛr 〕

n. 祈禱文

【動詞是 pray〔 pre 〕*v.* 祈禱】

17 significant
〔 sɪɡˈnɪfəkənt 〕

adj. 意義重大的

【背這個字,先背 sign「簽名」,有簽名的,表示「意義重大的」】

18 benefit
〔 ˈbɛnəfɪt 〕

v. 獲益

bene + fit	(做好事即能
| |	「獲益」)
good + do	

19 discipline
〔 ˈdɪsəplɪn 〕

n. 紀律

【disciple 為「門徒;學生」】

20 mislead
〔 mɪsˈlid 〕

v. 誤導

【lead 是「引導」,mis 表「錯誤」,合起來就是「誤導」】

UNIT 9

¹ Our teacher suggested that we <u>preview</u> the lesson before class.

² The U.S. <u>presidential</u> election of 2004 was scheduled to occur on November 2, 2004.

³ The girl <u>sucked</u> the lemonade through a straw.

⁴ After a long day of shopping, the girls sat down with a <u>sigh</u>.

⁵ My parents <u>forbid</u> me to go to Internet cafés at night.

⁶ Mr. Reed <u>qualified</u> for the position.

⁷ Tea grows best in a cool, <u>moist</u> climate.

⁸ My lawyers had <u>persuaded</u> me to sell the land.

⁹ She <u>posed</u> for her portrait.

¹⁰ These chimps have the <u>intelligence</u> of a five-year-old child.

UNIT 9

1 我們老師建議我們在課前先預習這一課。

2 2004 年美國總統大選預定在 2004 年 11 月
  2 日舉行。

3 這個女孩用吸管吸檸檬水。

4 逛街逛了一整天之後,這些女孩們邊嘆氣
  邊坐下來。

5 我爸媽禁止我晚上去網咖。

6 里德先生有資格擔任這個職位。

7 茶葉在涼爽、潮濕的氣候長得最好。

8 我的律師已經說服我把土地賣掉。

9 她為自己的肖像擺姿勢。

10 這些黑猩猩有五歲小孩的智力。

¹¹ Don't <u>tease</u> the dog with the bone; just give it to him.

¹² Surveyors are <u>surveying</u> the area in order to determine the best route for the new road.

¹³ Our <u>vision</u> weakens as we grow older.

¹⁴ Students should <u>register</u> for classes by the end of this month.

¹⁵ The European <u>Union</u> is composed of several countries.

¹⁶ The girl said a <u>prayer</u> in the church, asking for good health for her parents.

¹⁷ That was a <u>significant</u> event in Chinese history.

¹⁸ Many sufferers have <u>benefited</u> from this drug.

¹⁹ His pupils showed good <u>discipline</u>.

²⁰ She <u>misled</u> investigators into believing that he died of natural causes.

¹¹ 不要用骨頭<u>逗</u>那隻狗;快點給牠就是了。

¹² 測量人員正在<u>勘查</u>這個區域,好替新的道路決定最好的路線。

¹³ 我們的<u>視力</u>隨著年齡增長而衰退。

¹⁴ 學生們應該在月底之前<u>註冊</u>上課。

¹⁵ 歐<u>盟</u>是由好幾個國家所組成的。

¹⁶ 這個女孩在教堂唸<u>祈禱文</u>,爲她的父母祈求健康。

¹⁷ 那是中國歷史上一件<u>意義重大的</u>事。

¹⁸ 許多患者都因這種藥而<u>獲益</u>。

¹⁹ 他的學生表現良好的<u>紀律</u>。

²⁰ 她<u>誤導</u>調查人員相信他是自然死亡。

UNIT 10

¹ **certificate**
(sə'tɪfəkɪt)

n. 證書
【動詞是 certify ('sɝtə,faɪ) *v.*
證明】

² **extreme**
(ɪk'strim)

adj. 極端的
【副詞是 extremely (ɪk'strimlɪ)
adv. 極度地;非常地】

³ **ache**
(ek)

v. 疼痛
【「牙痛」是 toothache,「頭痛」
是 headache】

⁴ **click**
(klɪk)

n. 喀嚓聲
【click = c + lick (舔)】

⁵ **bet**
(bɛt)

v. 打賭
【口語說的 You bet. 表示「當然。」
當別人問你要不要去逛街時,就
可用這句話作為肯定的回答】

6 efficient
〔ə'fɪʃənt〕

adj. 有效率的

【字尾是 ient，重音在倒數第二音節上】

7 indeed
〔ɪn'did〕

adv. 的確；真地

【indeed = in + deed（行為）】

8 clip
〔klɪp〕

v. 剪下

【「指甲刀」就是 clippers〔'klɪpəz〕】

9 exclaim
〔ɪk'sklem〕

v. 驚叫；大聲叫

10 compute
〔kəm'pjut〕

v. 計算

【背這個字可先背 computer「電腦」】

11 despite
〔 dɪ'spaɪt 〕

prep. 儘管

【despite = in spite of 很常考】

12 mention
〔 'mɛnʃən 〕

v. 提到

【口語說的 Don't mention it.
表示「不客氣。」】

13 enforce
〔 ɪn'fors 〕

v. 執行

【enforce = en + force (力量)】

14 challenge
〔 'tʃælɪndʒ 〕

v. 挑戰

【形容詞是 challenging
〔 'tʃælɪndʒɪŋ 〕 *adj.* 具挑戰性的】

15 combine
〔 kəm'baɪn 〕

v. 結合

```
  com  + bine
   |       |
together + two
```

16 consume
(kən'sum)

v. 消耗
【consume–presume（假定）–
assume（假定）要一起背】

17 absorb
(əb'sɔrb)

v. 吸收
【absorb = take up = soak up
= suck up】

18 commit
(kə'mɪt)

v. 犯（罪）
【*commit a crime* 犯罪；
commit 也作「委託」解】

19 severe
(sə'vɪr)

adj. 嚴格的；嚴厲的
【severe = strict】

> severe (sə'vɪr) *adj.* 嚴格的
> persevere (‚pɜsə'vɪr) *v.* 堅忍

20 pilot
('paɪlət)

n. 飛行員
【「百樂」文具也是用這個字】

UNIT 10

1. She holds a <u>certificate</u> that says she worked here as a typist from 1960 to 1968.

2. <u>Extreme</u> right is <u>extreme</u> wrong.

3. Eva complained that her back <u>ached</u>.

4. When you hear the door <u>click</u>, you will know it is locked.

5. My father likes to <u>bet</u> on the horse races.

6. The way you work is far from <u>efficient</u>.

7. I was <u>indeed</u> sorry to hear about your trouble.

8. George <u>clipped</u> the discount coupon out of the paper and took it to the store.

9. He <u>exclaimed</u> that I should not touch that gun.

10. We have yet to <u>compute</u> the total cost of producing this product.

UNIT 10

¹ 她持有從 1960 年到 1968 年在這裡當打字員的<u>證明書</u>。

² 【諺】<u>極端</u>的正確，就是<u>極端</u>的錯誤；過猶不及。

³ 伊娃抱怨說她的背在<u>痛</u>。

⁴ 當你聽到門<u>喀噠一聲</u>，你就知道它已經上鎖了。

⁵ 我父親喜歡<u>賭</u>賽馬。

⁶ 你的工作方式一點<u>效率</u>也沒有。

⁷ 聽到你的不幸，我<u>真的</u>覺得很難過。

⁸ 喬治從報紙上<u>剪下</u>折價券，然後拿著它到商店去。

⁹ 他<u>大聲叫</u>我不要碰那把槍。

¹⁰ 我們還在<u>算</u>生產這項產品的總成本。

11 She made it to the top <u>despite</u> her background.

12 He <u>mentioned</u> the event, but didn't go into detail.

13 The library has a rule against using cell phones inside, but it is rarely <u>enforced</u>.

14 I'd like to <u>challenge</u> you to a game of chess.

15 They <u>combined</u> their efforts to finish the work.

16 This car <u>consumes</u> a lot of gas.

17 A sponge can <u>absorb</u> water.

18 Had Jack <u>committed</u> any kind of crime before?

19 The punishment is too <u>severe</u>.

20 The <u>pilot</u> survived the air crash.

¹¹ <u>儘管</u>她有如此的背景,她還是得到最高的成就。

¹² 他<u>提到</u>那件事,但沒有詳細說明。

¹³ 這座圖書館規定禁止在裡面使用手機,但卻很少<u>執行</u>。

¹⁴ 我想向你<u>挑戰</u>一盤棋賽。

¹⁵ 他們<u>結合</u>彼此的力量完成工作。

¹⁶ 這輛車很<u>耗</u>油。

¹⁷ 海綿會<u>吸</u>水。

¹⁸ 傑克以前是否<u>犯</u>過罪?

¹⁹ 這種懲罰太<u>嚴厲</u>了。

²⁰ <u>飛行員</u>在墜機事故中生還。

UNIT 11

Unit 11～15

¹ **concrete**
(kɑn'krit)

adj. 具體的
【相反詞是 abstract
('æbstrækt) *adj.* 抽象的】

² **concert**
('kɑnsɝt)

n. 音樂會
【concert hall 則是「音樂廳」】

³ **accent**
('æksɛnt)

n. 口音

```
ac + cent
 |     |
to + sing
```

⁴ **justice**
('dʒʌstɪs)

n. 正義；公正
【先背 just (dʒʌst) *adj.* 公正
的】

⁵ **recommend**
(,rɛkə'mɛnd)

v. 推薦
【recommend = re (*again*)
+ commend (稱讚)】

6 errand
(ˈɛrənd)

n. 差事
【run errands for *sb.* 的意思
是「替某人跑腿」】

7 remain
(rɪˈmen)

v. 依然是
【remain = re + main (主要
的)】

8 amid
(əˈmɪd)

prep. 在…之中

| a + mid |
| in + middle |

9 restrict
(rɪˈstrɪkt)

v. 限制
【restrict = limit = confine】

10 commercial
(kəˈmɝʃəl)

adj. 商業的   *n.* 商業廣告
【名詞是 commerce
(ˈkɑmɝs) *n.* 商業】

¹¹ **competition** | n. 競爭
(ˌkɑmpə'tɪʃən) | 【petition 是「請願；陳情」】

¹² **sob** | v. 啜泣
(sɑb) | 【sob = weep = cry】

¹³ **transport** | v. 運送
(træns'port) |

trans + port
| |
across + *carry*

¹⁴ **experiment** | n. 實驗
(ɪk'spɛrəmənt) |

experiment n. 實驗
experience n. 經驗

¹⁵ **poultry** | n. 家禽
('poltrɪ) | 【「家畜」則是 livestock
('laɪvˌstɑk)】

16 calculate
〔'kælkjə,let〕

v. 計算

【字尾是 ate，重音在倒數第三音節上】

$2 \times 6 = 12$

17 outstanding
〔'aut'stændɪŋ〕

adj. 傑出的

【outstanding 是由動詞片語 stand out（突出；傑出）轉變而來】

18 devote
〔dɪ'vot〕

v. 致力於

【*be devoted to* 致力於；專心】

19 handicapped
〔'hændɪ,kæpt〕

adj. 殘障的

【記住 hand（手）和 cap（帽子），有些殘障人士會手拿著帽子乞討】

20 apart
〔ə'part〕

adv. 分開地；相隔

【apart = a + part（部分）】

UNIT 11

1 He gave me a <u>concrete</u> explanation.

2 Everyone at the rock <u>concert</u> was excited.

3 The speaker's strong <u>accent</u> makes him difficult to understand.

4 Everyone agrees on the <u>justice</u> of the new law.

5 His former employer <u>recommends</u> him.

6 I have several <u>errands</u> to do today, which include mailing this package.

7 The dog <u>remained</u> loyal to its master to the end.

8 Ivan sat <u>amid</u> the fans, watching the performance with delight.

9 This movie is <u>restricted</u> to adults only.

10 We saw a great TV <u>commercial</u> last night.

UNIT 11

1 他給我一個具體的說明。

2 參加那場搖滾音樂會的每個人都非常興奮。

3 這名演講者的口音很重，所以很難了解他的意思。

4 每個人都認同新的法律是公正的。

5 他從前的雇主很推薦他。

6 我今天有幾件差事要辦，包括寄這個包裹。

7 這隻狗直到最後依然對主人忠心耿耿。

8 伊凡坐在一群歌迷當中，開心地欣賞表演。

9 這部電影只限成人觀賞。

10 昨晚我們看到一個很棒的電視廣告。

11 <u>Competition</u> is getting keener in the computer market.

12 A little boy was <u>sobbing</u> in the corner of the room.

13 People use the river to <u>transport</u> goods.

14 His <u>experiments</u> with herbal medicine earned him a Nobel prize.

15 The <u>poultry</u> farmer has over twenty thousand chickens.

16 Engineers have <u>calculated</u> the cost to be $10 million.

17 The ten <u>outstanding</u> scholars were sent abroad to study.

18 The students are <u>devoted</u> to their studies.

19 This ramp was designed to provide access to the building for the <u>handicapped</u>.

20 My sister and I live twenty miles <u>apart</u>.

11 電腦市場的<u>競爭</u>日趨激烈。

12 一個小男孩在房間的角落<u>啜泣</u>。

13 人們利用河流來<u>運送</u>貨物。

14 他在草藥醫學方面所做的<u>實驗</u>，為他贏得
了諾貝爾獎。

15 這名<u>家禽</u>飼養者擁有超過兩萬隻雞。

16 工程師已經<u>算出</u>費用為一千萬美元。

17 這十位<u>傑出的</u>學者被送到國外去進修。

18 學生們<u>專心</u>學習。

19 這個坡道是為了讓<u>殘障</u>人士能進入這棟建
築物而設計的。

20 我姊姊和我住在<u>相隔</u>二十哩的地方。

UNIT 12

¹ **fold**
(fold)

v. 摺疊
【fold = f + old (老的)】

² **complaint**
(kəm'plent)

n. 抱怨
【動詞是 complain】

³ **impatient**
(ɪm'peʃənt)

adj. 不耐煩的
【patient 是「有耐心的」】

⁴ **acid**
('æsɪd)

adj. 酸的
【acid 是指物體本身帶有的酸性，
　如果是因腐壞而變酸時，要用
　go sour】

⁵ **alert**
(ə'lɝt)

adj. 機警的

<u>al</u>ert (ə'lɝt) *adj.* 機警的
<u>al</u>ter ('ɔltɚ) *v.* 改變

⁶ **comfort**
('kʌmfət)

v. 安慰
【comfort = console】

⁷ **reputation**
(,rɛpjə'teʃən)

n. 名聲

re	+	put	+	ation
repeatedly	+	*think*	+	*n.*

⁸ **mild**
(maɪld)

adj. 溫和的;溫暖的
【mild = moderate
= temperate】

⁹ **condition**
(kən'dɪʃən)

n. 情況
【condition 作「條件」解時,
是可數名詞】

¹⁰ **rough**
(rʌf)

adj. 粗糙的
【副詞是 roughly ('rʌflɪ) *adv.*
大約】

11 slight
(slaɪt)

adj. 輕微的
【slight = s + light (輕的)】

12 holy
('holɪ)

adj. 神聖的
【holy = sacred】

13 temper
('tɛmpɚ)

n. 脾氣
【*a quick temper* 脾氣急躁】

temper n. 脾氣
temperature n. 溫度

14 immediate
(ɪ'midɪɪt)

adj. 立即的
【immediate = instant】

15 technology
(tɛk'nɑlədʒɪ)

n. 科技

techno + logy
| |
skill + *study*

16 horrify
〔'hɔrə,faɪ, 'har-〕

v. 使驚恐
【horrify = terrify = frighten = scare】

17 strength
〔strɛŋθ〕

n. 力量
【動詞是 strengthen〔'strɛŋθən〕 v. 加強】

18 sincerely
〔sɪn'sɪrlɪ〕

adv. 衷心地
【Yours sincerely, 或 Sincerely yours, 是用在信末簽名前的結尾語，表示「謹上」、「敬啓」等】

19 genuine
〔'dʒɛnjʊɪn〕

adj. 真正的
【genuine = real = true = authentic】

20 exhibit
〔ɪg'zɪbɪt〕

v. 展覽；展示

```
ex  + hibit
 |      |
out + hold   （放在外面）
```

UNIT 12

1. Please don't <u>fold</u> this paper; put it in a folder to keep it flat.

2. I have no <u>complaint</u> about my pay.

3. Don't be <u>impatient</u> with that child.

4. <u>Acid</u> rain is a serious environmental problem that affects large parts of the US.

5. The <u>alert</u> guard prevented a robbery.

6. I hope these flowers can <u>comfort</u> you.

7. The scandal has damaged the senator's <u>reputation</u>.

8. The weather this winter is so <u>mild</u> that I haven't even worn my winter coat.

9. Ask the doctor about his <u>condition</u>.

10. This cloth feels <u>rough</u>.

UNIT 12

1 請不要摺這張紙；把它放在檔案夾裡，以保持平整。

2 對於我的薪水我沒有什麼怨言。

3 別對那孩子不耐煩。

4 酸雨是很嚴重的環境問題，它對美國許多地區都造成影響。

5 這名機警的警衛阻止了一起搶案。

6 我希望這些花能安慰你。

7 這次的醜聞已經使那名參議員的名聲受損。

8 今年冬天的天氣非常暖和，以致於我甚至沒穿過冬天的大衣。

9 詢問醫生他情況如何。

10 這布料有些粗糙。

11 She has a <u>slight</u> headache.

12 This building is <u>holy</u> to Muslims.

13 Ted has such a quick <u>temper</u> that he often loses his cool.

14 The general has ordered an <u>immediate</u> stop to the fighting.

15 People today enjoy a high level of <u>technology</u>.

16 The exploding shuttle <u>horrified</u> the spectators.

17 Ray doesn't have the <u>strength</u> to lift that heavy box by himself.

18 I <u>sincerely</u> hope that you'll pass the exam.

19 This bag is made of <u>genuine</u> leather.

20 We'll be <u>exhibiting</u> our latest products at the show.

11 她有<u>輕微的</u>頭痛。

12 這建築物對回教徒而言是<u>神聖的</u>。

13 泰德的<u>脾氣</u>太急躁，他常常
失去冷靜。

14 將軍下令<u>立刻</u>結束戰鬥。

15 現代人享有高水準的<u>科技</u>。

16 爆炸的太空梭<u>使</u>得觀眾<u>驚恐</u>萬分。

17 雷沒有獨自舉起那個沉重箱子的<u>力量</u>。

18 我<u>衷心地</u>希望你能通過考試。

19 這個袋子是<u>真皮</u>做的。

20 我們將在會場<u>展示</u>我們最新的產品。

UNIT 13

1 revision
(rɪ'vɪʒən)

n. 修正；修訂
【動詞是 revise (rɪ'vaɪz) *v.*
修訂】

2 generally
('dʒɛnərəlɪ)

adv. 通常
【generally = usually】

3 mean
(min)

adj. 卑鄙的
【mean 主要是當動詞用，作
「意思是」解】

4 complicated
('kɑmplə,ketɪd)

adj. 複雜的
【complicated = complex】

5 compose
(kəm'poz)

v. 組成
【*be composed of* 由~組成】

com	+ pose	
|	|	(全部放
together	+ *put*	在一起)

⁶ **initial**
〔ɪ'nɪʃəl〕

adj. 最初的

in	+ iti	+ al
into	+ *go*	+ *adj.*

⁷ **automatic**
〔͵ɔtə'mætɪk〕

adj. 自動的

【auto- 是表 self（自己）的字首】

⁸ **attract**
〔ə'trækt〕

v. 吸引

【tract 是表 draw（拉）的字根，如 distract〔dɪ'strækt〕v. 使分心】

⁹ **actual**
〔'æktʃʊəl〕

adj. 實際的

【actual = real】

¹⁰ **conceal**
〔kən'sil〕

v. 隱藏

【相反詞是 reveal〔rɪ'vil〕v. 洩漏】

11 fascinate
（'fæsn̩ˌet）

v. 使著迷
【名詞是 fascination
（ˌfæsn̩'eʃən）n. 魅力】

12 whip
（hwɪp）

v. 鞭打
【whipped cream 是指「鮮奶油」】

13 explore
（ɪk'splor,
-'splɔr）

v. 探險
【explorer 即指「探險家」】

14 distinguish
（dɪ'stɪŋgwɪʃ）

v. 辨別
【*distinguish* A *from* B =
tell A *from* B　辨別 A 和 B】

15 orphan
（'ɔrfən）

n. 孤兒
【orphanage（'ɔrfənɪdʒ）是
「孤兒院」】

16 tragedy
('trædʒədɪ)

n. 悲劇
【「喜劇」是 comedy
('kɑmədɪ)】

17 enthusiastic
(ɪn,θjuzɪ'æstɪk)

adj. 熱心的
【名詞是 enthusiasm
(ɪn'θjuzɪ,æzəm) n. 熱忱】

18 criminal
('krɪmənḷ)

n. 罪犯
【先背 crime (kraɪm) n. 罪】

19 security
(sɪ'kjʊrətɪ)

n. 安全
【字尾是 ity，重音
在倒數第三音節上】

20 promote
(prə'mot)

v. 升遷

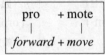

UNIT 13

1. Your essay needs a great deal of <u>revision</u> before it will be good enough to hand in.

2. Banks <u>generally</u> close at three thirty.

3. It is <u>mean</u> of you to tease her.

4. This is the most <u>complicated</u> case I've ever handled.

5. Water is <u>composed</u> of hydrogen and oxygen.

6. Now that we have completed the <u>initial</u> step, let's move on.

7. Does the apartment have an <u>automatic</u> dishwasher?

8. The concert <u>attracted</u> a great number of people.

9. This figure is wrong. The <u>actual</u> total is much less.

10. He <u>concealed</u> something in his pocket.

UNIT 13

¹ 你的文章在交出去之前，需要<u>修正</u>很多地方，才夠出色。

² 銀行<u>通常</u>在三點半關門。

³ 你戲弄她真是<u>卑鄙</u>。

⁴ 這是我所處理過最<u>複雜的</u>案件。

⁵ 水是由氫和氧所<u>組成</u>。

⁶ 既然我們已經完成了<u>最初的</u>步驟，那麼就繼續做吧。

⁷ 這間公寓有<u>自動</u>洗碗機嗎？

⁸ 那場音樂會<u>吸引</u>了許多人。

⁹ 這個數字是錯的。<u>實際的</u>總數比它少很多。

¹⁰ 他口袋裡<u>藏</u>了件東西。

11 The children were <u>fascinated</u> by all the toys in the shop windows.

12 The carriage driver <u>whipped</u> the horses to make them run faster.

13 Columbus never <u>explored</u> the New World.

14 During his illness he found it difficult to <u>distinguish</u> reality from dreams.

15 The <u>orphan</u> was sent to live with his grandparents after his parents died.

16 The fire was a terrible <u>tragedy</u> that claimed more than twenty lives.

17 The new product has generated an <u>enthusiastic</u> response from the public.

18 He is one of the ten most wanted <u>criminals</u>.

19 Religion gave him a sense of <u>security</u>.

20 He was <u>promoted</u> to manager of the new workshop.

11 孩子們被商店櫥窗內所有的玩具給<u>迷住</u>了。

12 這輛馬車的車伕<u>鞭打</u>那些馬,好讓牠們跑快一點。

13 哥倫布從未到新大陸<u>探險</u>。

14 他在生病期間,發覺要<u>辨別</u>現實與夢境是很難的。

15 這名<u>孤兒</u>在父母雙亡後,被送去和祖父母同住。

16 這場火災是可怕的<u>悲劇</u>,它奪走了超過二十條人命。

17 那項新產品已獲得消費大眾的<u>熱烈</u>反應。

18 他是十大通緝要<u>犯</u>之一。

19 宗教帶給他<u>安全</u>感。

20 他被<u>升</u>為新工廠的經理。

UNIT 14

¹ confess
〔kən'fɛs〕

v. 承認
【相反詞是 deny〔dɪ'naɪ〕v.
否認】

² confront
〔kən'frʌnt〕

v. 使面對
【confront = con + front（前面）】

³ deposit
〔dɪ'pɑzɪt〕

v. 存放；存（款）
【相反詞是 withdraw〔wɪð'drɔ〕
v. 提（款）】

⁴ profession
〔prə'fɛʃən〕

n. 職業
【professional 可當形容詞和名
詞，作「職業的；職業選手」解】

⁵ rug
〔rʌg〕

n.（小型）地毯
【「（覆蓋全部地板的）地毯」則是
carpet〔'kɑrpɪt〕】

⁶ pop
〔pɑp〕

adj. 流行的
【pop = popular】

⁷ congratulate
〔kən'grætʃə,let〕

v. 恭喜
【*congratulate sb. on sth.*
恭喜某人某事】

⁸ congress
〔'kɑŋgrəs〕

n. 代表大會；國會
【congressman 即指「美國
國會議員」】

⁹ arouse
〔ə'rɑuz〕

v. 喚起；激起
【arouse 是及物動詞，容易
和不及物動詞 arise（發生）
搞混】

¹⁰ found
〔fɑund〕

v. 建立

fund〔fʌnd〕*n.* 資金；基金
found〔fɑund〕*v.* 建立

11 disappoint
(͵dɪsə'pɔɪnt)

v. 使失望

【disappoint = dis + appoint
（指派），沒被指派很失望】

12 wisdom
('wɪzdəm)

n. 智慧

【它是 wise（聰明的）的名詞】

13 revolution
(͵rɛvə'luʃən)

n. 革命

re	+ volut +	ion
back +	roll +	n.

14 strip
(strɪp)

v. 脫去

【*strip off* = *take off* 脫掉】

strip (strɪp) v. 脫去
stripe (straɪp) n. 條紋

15 constant
('kɑnstənt)

adj. 持續的

【constant = continual】

16 tight
〔 taɪt 〕

adj. 緊的
【相反詞是 loose〔 lus 〕*adj.*
鬆的】

17 perform
〔 pəˋfɔrm 〕

v. 執行;表演

per	+ form
thoroughly	+ 造形

(徹底地造形)

18 confine
〔 kənˋfaɪn 〕

v. 限制
【confine = restrict = limit】

19 decline
〔 dɪˋklaɪn 〕

v. 拒絕
【decline = refuse = reject】

20 guarantee
〔 ͵gærənˋti 〕

v. 保證
【字尾是 ee,重音在最後一個音
節上】

UNIT 14

1. To our surprise, he <u>confessed</u> to the crime.

2. On entering the room, he was <u>confronted</u> by a policeman.

3. You should <u>deposit</u> all your money in a bank.

4. Many members of his family are in the acting <u>profession</u>.

5. The dog prefers to lie on the <u>rug</u> rather than the cold floor.

6. Most young people are interested in <u>pop</u> music.

7. We <u>congratulated</u> the couple on their marriage.

8. The United Nations called a <u>congress</u> to discuss the war.

9. My curiosity was <u>aroused</u> by the strange noise.

10. Mr. Lee <u>founded</u> the company in 1954.

UNIT 14

¹ 令我們驚訝的是，他<u>認罪</u>了。

² 他一進房間就<u>碰到</u>警察。

³ 你應該把你所有的錢<u>存入</u>銀行。

⁴ 他家中許多人都從事演藝<u>業</u>。

⁵ 狗比較喜歡躺在<u>地毯</u>上，而不是冰冷的地板。

⁶ 大多數的年輕人都對<u>流行</u>音樂有興趣。

⁷ 我們<u>恭喜</u>這對情侶結婚。

⁸ 聯合國召開<u>代表大會</u>來討論戰爭。

⁹ 那個奇怪的噪音<u>激起</u>了我的好奇心。

¹⁰ 李先生在一九五四年<u>建立</u>該公司。

11 He was <u>disappointed</u> at not being invited.

12 She spoke with authority as well as with <u>wisdom</u>.

13 A new government was installed after the <u>revolution</u>.

14 Tom <u>strips</u> off his clothes and jumps into the swimming pool.

15 The <u>constant</u> pounding of the sea has formed these caves.

16 I couldn't open the jar because the lid was on too <u>tight</u>.

17 Doctor Green will <u>perform</u> the operation.

18 He will be <u>confined</u> to bed for the next two weeks.

19 She <u>declined</u> to answer the question.

20 They <u>guarantee</u> this clock for a year.

¹¹ 他對於未獲邀請感到失望。

¹² 她以帶有權威與智慧的口吻說話。

¹³ 新政府是在革命之後才就任的。

¹⁴ 湯姆把衣服脫掉，然後跳進游泳池裡。

¹⁵ 海水持續的衝擊，形成了這些洞穴。

¹⁶ 我打不開那廣口瓶，因為蓋子太緊了。

¹⁷ 格林醫師將執行這項手術。

¹⁸ 接下來這兩個星期，他將臥病在床。

¹⁹ 她拒絕回答這個問題。

²⁰ 這時鐘保固一年。

UNIT 15

¹ **scatter**
('skætɚ)

v. 散播

> scatter ('skætɚ) *v.* 散播
> shatter ('ʃætɚ) *v.* 使粉碎

² **council**
('kaʊnsḷ)

n. 議會
【council（議會）和 counsel（建議）讀音相同】

³ **raw**
(rɔ)

adj. 生的
【相反詞是 cooked（煮好的）】

⁴ **exception**
(ɪk'sɛpʃən)

n. 例外
【先背介系詞 except（除了）】

⁵ **outline**
('aʊt,laɪn)

n. 輪廓；大綱
【outline = out（外面的）+ line（線）】

6 average
('ævərɪdʒ)

adj. 平均的

【average 也可當名詞，作「平均（數）」解】

7 enroll
(ɪn'rol)

v. 使入學

【enroll = en (*in*) + roll (名冊)】

8 accurate
('ækjərɪt)

adj. 準確的

【accurate = correct】

9 socket
('sakɪt)

n. 插座

> sock (sak) *n.* 短襪
> socket ('sakɪt) *n.* 插座

10 conscious
('kanʃəs)

adj. 知道的；察覺到的

【字尾是 ious，重音在倒數第二音節上。*be conscious of* = *be aware of* 知道；察覺到】

¹¹ **instead**
〔ɪn'stɛd〕

adv. 改換
【instead of「而不是」是常見
片語，當介系詞用】

¹² **shame**
〔ʃem〕

n. 恥辱；丟臉

shame *n.* 恥辱；丟臉 ashamed *adj.* 感到羞恥的

¹³ **shave**
〔ʃev〕

v. 刮（鬍子）
【shaver 是指「電動刮鬍刀」】

¹⁴ **constitute**
〔'kɑnstə,tjut〕

v. 組成

con + stitute | | *together + stand*

¹⁵ **mystery**
〔'mɪst(ə)rɪ〕

n. 神祕
【mystery 這個字有點像 my
story】

16 rot
〔 rat 〕

v. 腐爛

【形容詞是 rotten〔'ratn〕*adj.* 腐爛的】

17 march
〔 martʃ 〕

v. 行軍;行進

【當第一個字母是大寫時,March 作「三月」解】

18 profit
〔 'prafɪt 〕

n. 利潤

【*make a profit* 獲取利潤; profit 的相反詞是 loss〔lɔs〕*n.* 損失】

19 dare
〔 dɛr 〕

v. 敢

【How dare you… 的意思是「你竟敢…」】

20 stir
〔 stɝ 〕

v. 攪動

【「用~攪動」的介系詞要用 with,「用湯匙攪動咖啡」則是 stir *one's* coffee with a spoon】

UNIT 15

1. After you have prepared the soil, <u>scatter</u> the seeds and then water the field.

2. Henry was excited when he was elected a member of the student <u>council</u>.

3. Put that <u>raw</u> meat into the refrigerator until we are ready to cook it.

4. There's an <u>exception</u> to every rule.

5. We could see the <u>outline</u> of the skyscraper from miles away.

6. The employees' <u>average</u> income in this company is about $1,500 a month.

7. About 500 students were newly <u>enrolled</u> in the school.

8. This clock keeps <u>accurate</u> time.

9. She put the electric plug into the <u>socket</u>.

10. He is <u>conscious</u> of his own mistake.

UNIT 15

1 當你把土壤準備好之後，就把種子<u>撒</u>上去，然後在這塊地上澆水。

2 當亨利被選爲學生<u>會</u>的成員時，他非常興奮。

3 把那塊<u>生的</u>肉放進冰箱，直到我們準備好要煮它。

4 每條規則都有<u>例外</u>。

5 我們在好幾哩外就能看見這棟摩天樓的<u>輪廓</u>。

6 這家公司的員工<u>平均</u>所得，大約是每月一千五百美元。

7 最近該校<u>招收</u>了大約五百名學生。

8 這個鐘一向很<u>準</u>。

9 她把插頭插入<u>插座</u>。

10 他<u>知道</u>自己的錯誤。

11 Take the plane <u>instead</u>.

12 Evan found it difficult to bear the <u>shame</u> of bankruptcy.

13 Lenny asked the barber to <u>shave</u> off his beard.

14 Twenty girls and fifteen boys <u>constitute</u> the class.

15 Life is a <u>mystery</u>.

16 If you leave the wood out in the rain, it will eventually <u>rot</u>.

17 The soldiers had to <u>march</u> twenty kilometers to the next camp.

18 Although business was slow, we still made a small <u>profit</u>.

19 I have never <u>dared</u> to speak to him.

20 You had better <u>stir</u> that soup or it may burn.

11 <u>改</u>搭飛機吧。

12 伊芳發覺她很難忍受破產的<u>恥辱</u>。

13 藍尼要求理髮師幫他<u>刮</u>鬍子。

14 這個班級是由二十位女孩和十五位男孩所<u>組成</u>的。

15 生命是<u>神祕</u>的。

16 如果你把木頭放在外面淋雨，最後它就會<u>腐爛</u>。

17 士兵們必須<u>行軍</u>二十公里到下一個營地。

18 雖然生意清淡，我們還是有賺到一點<u>利潤</u>。

19 我從不<u>敢</u>和他說話。

20 你最好把那個湯<u>攪一攪</u>，否則可能會燒焦。

UNIT 16

Unit 16～20

1 considerate
(kən'sɪdərɪt)

adj. 體貼的
【先背 consider（考慮），考慮到別人，就是體貼的】

2 vacant
('vekənt)

adj. 空的；無人的
【名詞是 vacancy（'vekənsɪ）*n.*（職務的）空缺；空房間】

3 labor
('lebə)

n. 勞動
【laboratory 是「實驗室」】

4 quarrel
('kwɔrəl)

v. n. 爭吵
【quarrel with + 人「與…爭吵」，quarrel about/over + 事「因…而爭吵」】

5 consequence
('kɑnsə,kwɛns)

n. 結果
【形容詞是 consequent（接著發生的）】

6 fate
〔 fet 〕

n. 命運
【fate = destiny】

7 contribute
〔 kən'trɪbjut 〕

v. 貢獻
【*contribute to* 貢獻；有助於】
【凡是動詞字中有 tri 時，重音
在 tri 上，如 dis'tribute（分
配）、at'tribute（歸因於）】

8 relax
〔 rɪ'læks 〕

v. 放鬆
【不要和 relieve（減輕）搞混】

9 research
〔 'risɜtʃ,
rɪ'sɜtʃ 〕

n. 研究

re ＋ search
｜　　　｜
again ＋ 尋找

（不停地尋找，就是「研究」）

10 elastic
〔 ɪ'læstɪk 〕

adj. 有彈性的
【elastic = flexible】

11 consult
〔 kən'sʌlt 〕

v. 查閱
【consult a dictionary 的意思是「查字典」】

12 license
〔'laɪsn̩s 〕

n. 執照
【driver's license 是「駕照」】

13 intimate
〔'ɪntəmɪt 〕

adj. 親密的
【intimate = inti + mate（朋友），關係比朋友還要深入】

14 feather
〔'fɛðɚ 〕

n. 羽毛

| feather 〔'fɛðɚ 〕 n. 羽毛 |
| leather 〔'lɛðɚ 〕 n. 皮革 |

15 accomplish
〔 ə'kɑmplɪʃ 〕

v. 達成
【accomplish = achieve
= fulfill = complete】

16 primary
('praɪˌmɛrɪ)

adj. 主要的
【primary = chief = main】

17 strive
(straɪv)

v. 努力
【strive = endeavor
= struggle】

18 factor
('fæktɚ)

n. 因素
【factor = fact (事實) + or】

19 conclude
(kən'klud)

v. 下結論;結束

con<u>clude</u> *v.* 下結論;結束
in<u>clude</u> *v.* 包括

20 sacrifice
('sækrəˌfaɪs)

n. 犧牲

sacri + fice
|　　　 |
sacred + make (神聖的行為)

UNIT 16

1. She is <u>considerate</u> to old people.

2. The house is <u>vacant</u> now that the Johnsons have moved away.

3. <u>Labor</u> creates wealth.

4. The children often <u>quarrel</u> over what to watch on TV.

5. The <u>consequence</u> was that he lost his money.

6. He intended to retire from active life, but <u>fate</u> had decided otherwise.

7. His discovery <u>contributed</u> greatly to medicine.

8. Reading helps me <u>relax</u>.

9. Teddy has to do some <u>research</u> in the library.

10. The boy put an <u>elastic</u> band around the papers to hold them together.

UNIT 16

¹ 她對老人很體貼。

² 這棟房子現在沒人住，因為強森一家人搬走了。

³ 勞動創造財富。

⁴ 孩子們常常為了要看什麼電視節目而爭吵。

⁵ 結果是他輸掉了自己的錢。

⁶ 他打算急流勇退，但命運卻做了不同的決定。

⁷ 他的發現對醫學有很大的貢獻。

⁸ 閱讀能幫助我放鬆心情。

⁹ 泰迪必須在圖書館做一些研究。

¹⁰ 那個男孩拿了一條橡皮筋把這些文件綁在一起。

¹¹ I <u>consulted</u> the reference book.

¹² Don't drive without a <u>license</u> or you could get a ticket.

¹³ Robert counts Mike among his <u>intimate</u> friends.

¹⁴ Birds of a <u>feather</u> flock together.

¹⁵ We have <u>accomplished</u> the task.

¹⁶ The <u>primary</u> objective of this organization is to help the poor.

¹⁷ Always <u>strive</u> for excellence.

¹⁸ Smoking is a leading <u>factor</u> in lung diseases.

¹⁹ They <u>concluded</u> the show with a medley.

²⁰ Working late every night is not a small <u>sacrifice</u>.

11 我<u>查閱</u>參考書。

12 不要<u>無照</u>駕駛,否則你可能會接到罰單。

13 羅伯特把麥克當成他的<u>密</u>友。

14 【諺】物以類聚;有相同<u>羽毛</u>的鳥會聚在
一起。

15 我們已<u>達成</u>任務。

16 這機構成立的<u>主要</u>目的,就是要幫助
窮人。

17 一定要<u>努力</u>做到最好。

18 吸煙是導致肺部疾病的主要<u>因素</u>。

19 他們以一首混合組曲,來<u>結束</u>這場表演。

20 每晚熬夜工作<u>犧牲</u>不小。

UNIT 17

1 rival
(ˈraɪvḷ)

n. 對手
【rival 背不下來，可先背
arrival（到達）】

2 abandon
(əˈbændən)

v. 拋棄
【abandon 可用諧音法來記，
嗯便當要「拋棄」】

3 increasingly
(ɪnˈkrisɪŋlɪ)

adv. 愈來愈
【increasingly = more and
more】

4 context
(ˈkɑntɛkst)

n. 上下文

```
con + text
 |      |
all  + 文章
```

5 suggestion
(səˈdʒɛstʃən)

n. 建議
【suggestion = proposal】

⁶ **curiosity**
〔ˌkjʊrɪˈɑsətɪ〕

n. 好奇心
【形容詞是 curious〔ˈkjʊrɪəs〕
adj. 好奇的】

⁷ **contrary**
〔ˈkɑntrɛrɪ〕

adj. 相反的
【*contrary to* 與…相反】

```
contra + (a)ry
  |         |
against +  adj.
```

⁸ **converse**
〔kənˈvɜs〕

adj. 相反的
【此字當動詞時，作「談話」解】

⁹ **suffer**
〔ˈsʌfɚ〕

v. 受苦
【當 suffer 作「罹患」解時，要
用片語 suffer from】

¹⁰ **prevent**
〔prɪˈvɛnt〕

v. 阻止
【*prevent sb. from* + *V-ing*
阻止某人做某事】

¹¹ **bold**
〔 bold 〕

adj. 大膽的

【bold = b + old（老的）】

| bold〔 bold 〕*adj.* 大膽的 |
| bald〔 bɔld 〕*adj.* 禿頭的 |

¹² **detail**
〔'ditel , dɪ'tel 〕

n. 細節

【detail = de + tail（尾巴）】

¹³ **organ**
〔'ɔrgən 〕

n. 器官

【organ 和 organize（組織）
一起背】

¹⁴ **tend**
〔 tɛnd 〕

v. 易於

【*tend to* + *V*. 易於；傾向於】

¹⁵ **intend**
〔 ɪn'tɛnd 〕

v. 打算

in + tend	
∣ ∣	（心中有傾向，即
in + 傾向	「打算」之意）

16 gallery
('gælərɪ)

n. 畫廊
【-ery 是表「場所」的字尾】

17 compete
(kəm'pit)

v. 競爭
【名詞是 competition
(,kampə'tɪʃən) *n.* 競爭】

18 invest
(ɪn'vɛst)

v. 投資
【invest = in + vest (背心)】

19 academic
(,ækə'dɛmɪk)

adj. 學術性的
【字尾是 ic，重音在倒數第二音
節上】

20 apology
(ə'palədʒɪ)

n. 道歉
【動詞是 apologize
(ə'palə,dʒaɪz) *v.* 道歉】

UNIT 17

1 He is my father's <u>rival</u> in trade.

2 They <u>abandoned</u> the car when they ran out of gas.

3 The work is getting <u>increasingly</u> difficult.

4 We can tell the meaning of a word from its <u>context</u>.

5 The party was given at my <u>suggestion</u>.

6 <u>Curiosity</u> killed the cat.

7 The result was <u>contrary</u> to my expectation.

8 His opinions are <u>converse</u> to mine.

9 The Third World <u>suffers</u> most in a global recession.

10 My only idea was to <u>prevent</u> him from speaking.

UNIT 17

1 他是我父親商業上的<u>對手</u>。

2 當汽油用完之後，他們就<u>拋棄</u>了那輛車。

3 <u>工作愈來愈</u>困難了。

4 我們可從<u>上下文</u>知道一個字的意思。

5 那次聚會是在我的<u>建議</u>下舉行的。

6 【諺】<u>好奇傷身</u>；好管閒事易招致殺身之禍。

7 結果與我所預期的<u>相反</u>。

8 他的意見和我的意見<u>相反</u>。

9 在全球性的不景氣中，第三世界國家<u>受害</u>最多。

10 我只是想<u>阻止</u>他開口說話。

11 The fireman made a <u>bold</u> attempt to save the child.

12 He is known for his attention to <u>detail</u>.

13 The cancer has spread to the surrounding <u>organs</u>.

14 As people grow older, they <u>tend</u> to be more forgetful.

15 I <u>intend</u> to see her tonight.

16 The <u>gallery</u> is showing the work of several local artists.

17 The boys <u>competed</u> with each other for the prize.

18 He <u>invested</u> his money in stocks and bonds.

19 The course is a combination of <u>academic</u> and practical work.

20 The driver of the car made a sincere <u>apology</u> for hitting my bike.

¹¹ 這名消防隊員爲了救那個孩子而做了<u>大膽</u><u>的</u>嘗試。

¹² 他是出了名的<u>細心</u>。

¹³ 癌症已經蔓延到周圍的<u>器官</u>。

¹⁴ 人年紀越大，越<u>容易</u>健忘。

¹⁵ 我<u>打算</u>今晚去看她。

¹⁶ <u>畫廊</u>正在展出幾位當地藝術家的作品。

¹⁷ 那些男孩子爲了得獎而互相<u>競爭</u>。

¹⁸ 他把錢<u>投資</u>於股票和債券上。

¹⁹ 這門課兼具<u>學術性</u>與實用性。

²⁰ 這部車的駕駛人爲了撞到我腳踏車的事，很有誠意地道<u>歉</u>。

UNIT 18

¹ **indication**
(ˌɪndə'keʃən)

n. 跡象
【動詞是 indicate ('ɪndə,ket) v. 指出】

² **offend**
(ə'fɛnd)

v. 使生氣;冒犯

of	+	fend
against	+	*strike*

³ **exactly**
(ɪg'zæktlɪ)

adv. 正確地;精確地
【exactly = precisely 】

⁴ **continent**
('kɑntənənt)

n. 洲;大陸
【continental climate 是指「大陸性氣候」】

⁵ **rehearsal**
(rɪ'hɜsl̩)

n. 排演
【in rehearsal 表示「在排演中」】

6 courteous
('kɜtɪəs)

adj. 有禮貌的

【court (kort) 是「法院」，在法院一定要有禮貌】

7 ceremony
('sɛrə,monɪ)

n. 典禮

【a wedding ceremony 就是「婚禮」】

8 doubtful
('dautfəl)

adj. 不確定的；懷疑的

【先背 doubt (daut) *v. n.* 懷疑】

9 proposal
(prə'pozl)

n. 提議

【動詞是 propose (prə'poz) *v.* 提議】

10 instinct
('ɪnstɪŋkt)

n. 本能；直覺

【*by instinct* 本能地；憑直覺】

in + stinct
| |
on + prick

11 efficiency
〔ə'fɪʃənsɪ〕
n. 效率

ef	+	fic	+	iency
out	+	*do*	+	*n.*

12 mainland
〔'men,lænd〕
n. 大陸
【「中國大陸」是 mainland China】

13 fashion
〔'fæʃən〕
n. 流行
【「在流行」是 in fashion，而「不流行」是 out of fashion】

14 crew
〔kru〕
n. (船、飛機的) 全體工作人員
【crew = staff】

15 acquaint
〔ə'kwent〕
v. 使認識
【*get acquainted with sb.* 認識某人】

¹⁶ **settle**
〔`ˈsɛtḷ`〕

v. 定居
【settle = set（放置）+ tle】

¹⁷ **audio**
〔`ˈɔdɪˌo`〕

n. 音響機器　*adj.* 聽覺的
【audi 是表 hear（聽）的字根】

¹⁸ **portray**
〔`porˈtre`〕

v. 描寫
【portray = depict = describe】

por	+	tray
forth	+	*draw*

¹⁹ **executive**
〔`ɪgˈzɛkjutɪv`〕

n. 主管
【CEO（總裁；執行長）就是
chief executive officer 的
縮寫】

²⁰ **exchange**
〔`ɪksˈtʃendʒ`〕

v. 交換
【exchange = ex + change】

UNIT 18

1 There is no <u>indication</u> that he will recover from the illness.

2 Debbie was <u>offended</u> when I said she looked as though she had put on weight.

3 Tell me <u>exactly</u> where she lives.

4 The explorer has traveled to all seven <u>continents</u>.

5 The play opens tomorrow, so this is our final <u>rehearsal</u>.

6 It was <u>courteous</u> of you to write a thank-you letter to me.

7 A funeral is a solemn <u>ceremony</u>.

8 It is <u>doubtful</u> whether we will arrive before six.

9 We were against William's <u>proposal</u> because it was impracticable.

10 Birds fly south in winter by <u>instinct</u>.

UNIT 18

1 他的病沒有復原的<u>跡象</u>。

2 當我說黛比看起來好像變胖時，她覺得很<u>生氣</u>。

3 <u>確切地</u>告訴我，她住在什麼地方。

4 這名探險家已經遊遍了七大<u>洲</u>。

5 這部戲明天就要開演了，所以這是我們最後一次<u>排演</u>。

6 你真<u>有禮貌</u>，還寫了一封謝函給我。

7 葬禮是很嚴肅的<u>典禮</u>。

8 我<u>不確定</u>我們能不能在六點以前抵達。

9 我們否決了威廉的<u>提議</u>，因為那是行不通的。

10 鳥類在冬天南飛是一種<u>本能</u>。

¹¹ It will improve our <u>efficiency</u> if we introduce an up-to-date machine.

¹² Four hours after leaving the island, they finally saw the <u>mainland</u>.

¹³ Miniskirts are again in <u>fashion</u>.

¹⁴ The ship carries a <u>crew</u> of thirty men.

¹⁵ Before classes start, you had better get <u>acquainted</u> with one another.

¹⁶ After moving from one city to another for several years, Mike decided to <u>settle</u> in Chicago.

¹⁷ The school's <u>audio</u>-visual equipment includes video and cassette recorders.

¹⁸ It is difficult to <u>portray</u> feelings in words.

¹⁹ He is an <u>executive</u> in a company.

²⁰ Can we <u>exchange</u> seats?

11 如果我們引進最新型的機器,將可提高
<u>效率</u>。

12 在離開那個島嶼四個小時之後,他們終於
看到<u>大陸</u>了。

13 迷你裙又再度<u>流行</u>。

14 這艘船搭載了三十名<u>船員</u>。

15 開始上課之前,你們最好<u>相互認識</u>一下。

16 在不斷從一個城市搬到另一個城市幾年
之後,麥克決定要<u>定居</u>在芝加哥。

17 這所學校的視聽設備包括錄影機和錄音機。

18 感情很難用言語來<u>描寫</u>。

19 他是一家公司的<u>主管</u>。

20 我們能不能<u>交換</u>位子?

UNIT 19

¹ **sentence**
('sɛntəns)

n. v. 判決
【sentence 也作「句子」解】

² **critical**
('krɪtɪkḷ)

adj. 吹毛求疵的
【動詞是 criticize ('krɪtə,saɪz) *v.*
批評】

³ **amuse**
(ə'mjuz)

v. 娛樂
【名詞是 amusement (娛樂)】

⁴ **avenue**
('ævə,nju)

n. 大道;途徑

a + venue
 | |
to + *come*

⁵ **presence**
('prɛzn̩s)

n. 出席
【相反詞是 absence ('æbsn̩s) *n.*
缺席】

6 argument
〔'ɑrgjəmənt〕

n. 爭論

【動詞是 argue〔'ɑrgju〕*v.* 爭論，要注意動詞和名詞的拼法】

7 wealth
〔wɛlθ〕

n. 財富

<u>health</u>〔hɛlθ〕*n.* 健康
<u>wealth</u>〔wɛlθ〕*n.* 財富

8 tap
〔tæp〕

v. 輕拍

【tap 也可當名詞，作「水龍頭」解】

9 cue
〔kju〕

v. 提示

【cue = signal】

10 seize
〔siz〕

v. 抓住

【*seize sb. by the* + 身體或衣服的某部位，表示「抓住某人的…」】

11 attitude
〔'ætə,tjud〕
n. 態度
【字尾是 tude，重音在倒數第三音節上】

12 reduce
〔rɪ'djus〕
v. 減少
【reduce = decrease = lessen
= diminish】

13 refer
〔rɪ'fɝ〕
v. 提及
【*refer to* 提及；參考】

14 respond
〔rɪ'spɑnd〕
v. 反應
【名詞是 response（反應）】

15 resist
〔rɪ'zɪst〕
v. 抵抗
【resist = withstand】

re + sist
|　　　|
against + *stand*

（站在相反的方向，就是「抵抗」）

16 itch
〔 ɪtʃ 〕

v. 癢

【itch 也可當名詞，have an itch 表示「覺得癢」】

17 advertise
〔 'ædvə͵taɪz 〕

v. 登廣告

【名詞是 advertisement

〔͵ædvə'taɪzmənt 〕*n.* 廣告】

18 possess
〔 pə'zɛs 〕

v. 擁有

【possess = own = have 】

19 persist
〔 pə'sɪst 〕

v. 堅持

【*persist in = insist on* 堅持】

per	+	sist
|		|
through	+	*stand*

（始終屹立）

20 sack
〔 sæk 〕

n. 一大袋

【give *sb.* the sack 是指「把某人開除」】

UNIT 19

1. She received a six-month <u>sentence</u>.

2. The teacher is too <u>critical</u> of his students.

3. A clown was hired to <u>amuse</u> the children.

4. The restaurant is located on First <u>Avenue</u>.

5. I was surprised by your <u>presence</u> at the party.

6. We had an <u>argument</u> about the household chores.

7. Health is <u>wealth</u>.

8. My classmate <u>tapped</u> me on the shoulder and asked if he could borrow a pen.

9. It is your job to <u>cue</u> the dancers when it is time for them to go onstage.

10. The policeman <u>seized</u> the suspect by the neck.

UNIT 19

1 她被判處六個月的<u>徒刑</u>。

2 那位老師對學生太過<u>嚴苛</u>。

3 小丑受雇來<u>娛樂</u>孩子們。

4 這家餐廳位於第一<u>大道</u>。

5 我很驚訝你會<u>出席</u>這場宴會。

6 我們對於家事有<u>爭論</u>。

7 【諺】健康就是<u>財富</u>。

8 我同學<u>輕拍</u>我的肩膀,問我能不能借他
一支筆。

9 你的工作就是在舞者們該上台時,<u>提示</u>
他們。

10 警察<u>抓住</u>嫌疑犯的脖子。

11. His <u>attitude</u> is going to cost him his job.

12. The new subway system should <u>reduce</u> the traffic on the roads.

13. Don't <u>refer</u> to this matter again, please.

14. Doctor, the patient is not <u>responding</u>.

15. It's hard to <u>resist</u> his charms.

16. Shortly after he touched the plant, Bart's hand began to <u>itch</u>.

17. Anderson's mother <u>advertised</u> a house for rent.

18. He <u>possessed</u> great wisdom.

19. He <u>persisted</u> until he succeeded.

20. I went to the supermarket for some milk and a <u>sack</u> of potatoes.

¹¹ 他的<u>態度</u>會讓他賠上工作。

¹² 新的地下鐵系統，應該能<u>減少</u>路上的交通流量。

¹³ 請不要再<u>提</u>這件事了。

¹⁴ 醫生，這位病人沒有<u>反應</u>。

¹⁵ 很難<u>抗拒</u>他的魅力。

¹⁶ 在巴特摸這株植物後不久，他的手就開始<u>癢</u>。

¹⁷ 安德森的媽媽<u>登廣告</u>出租房屋。

¹⁸ 他<u>有</u>卓越的智慧。

¹⁹ 他<u>堅持</u>到成功的那一刻。

²⁰ 我到超級市場買一<u>些</u>牛奶和一<u>大袋</u>馬鈴薯。

UNIT 20

1 province
('prɑvɪns)

n. 省

【形容詞是 provincial
(prə'vɪnʃəl) *adj.* 省的】

2 cripple
('krɪpl̩)

v. 使殘廢

【cripple 源自於 creep (爬行)，
使人走路像是用爬的，表示「使
殘廢」】

3 govern
('gʌvən)

v. 統治

【govern<u>or</u> 是「州長」；
government 是「政府」】

4 cultivate
('kʌltə,vet)

v. 培養

【cultivate = develop 】

5 curl
(k3l)

v. 使捲曲

【形容詞是 curly (捲曲的)】

6 majority
(mə'dʒɔrətɪ)

n. 大多數

【相反詞是 minority
(mə'nɔrətɪ , maɪ-) *n.* 少數】

7 political
(pə'lɪtɪkl̩)

adj. 政治的

【「政治人物」是 politician
(,palə'tɪʃən)】

8 suicide
('suə,saɪd)

n. 自殺

```
sui + cide
 |      |
self + cut
```

9 disease
(dɪ'ziz)

n. 疾病

【disease = dis + ease (舒服);
disease = illness = sickness】

10 satellite
('sætl̩,aɪt)

n. (人造) 衛星

【「人造衛星」也可說成
artificial satellite】

¹¹ **decoration**
(ˌdɛkəˈreʃən)

n. 裝飾
【interior decoration 則是指
「室內裝潢」】

¹² **bleed**
(blid)

v. 流血
【名詞是 blood (blʌd) n. 血】

¹³ **defeat**
(dɪˈfit)

v. 打敗

de + feat
| | |
away + 功績

(把別人的功績拿掉,就是「打敗」)

¹⁴ **locate**
(ˈloket)

v. 使位於;找到
【名詞是 location (loˈkeʃən)
n. 位置】

¹⁵ **chain**
(tʃen)

n. 鏈子
【chain store 是指「連鎖店」】

16 digest
〔daɪ'dʒɛst〕

v. 消化

【此字也可當名詞用，作「文摘」
解，唸作〔'daɪdʒɛst〕】

17 chip
〔tʃɪp〕

n. 碎片

【「洋芋片」就是 potato chips】

18 imitate
〔'ɪmə,tet〕

v. 模仿

【imitate = copy】

19 apparent
〔ə'pærənt,
ə'pɛrənt〕

adj. 明顯的

【apparent = ap + parent】

20 impose
〔ɪm'poz〕

v. 施加

【impose–expose（暴露）–
compose（組成）要一起背】

im + pose
| |
on + put   （加在～上）

UNIT 20

1. I went to the <u>Province</u> of Alberta in Canada last week.

2. He was <u>crippled</u> in the war.

3. After <u>governing</u> the country for twenty years, the ruler decided to retire.

4. She has <u>cultivated</u> a taste for music since childhood.

5. The girls put rollers in their hair to <u>curl</u> it.

6. The <u>majority</u> of people prefer peace to war.

7. <u>Political</u> decisions have a widespread impact on economic development.

8. John felt such despair that he even contemplated <u>suicide</u>.

9. Measles is a communicable <u>disease</u>.

10. Thanks to <u>satellites</u>, we can communicate with someone on the other side of the world instantly.

UNIT 20

¹ 我上星期去了加拿大的亞伯達省。

² 他在戰爭中變成殘廢。

³ 在統治這個國家二十年之後，這名統治者
  決定要退休。

⁴ 她從小就培養對音樂的愛好。

⁵ 女孩們在頭髮上上捲子，好讓頭髮變捲。

⁶ 大多數的人喜歡和平而不喜歡戰爭。

⁷ 政治決策對經濟發展的影響很大。

⁸ 約翰感到非常絕望，他甚至打算自殺。

⁹ 麻疹是種傳染病。

¹⁰ 由於有人造衛星，我們才能立即和世界另
  一端的人聯繫。

11 Class 302 was responsible for the <u>decoration</u> of the gym.

12 After Gina fell on the sidewalk, her knee was <u>bleeding</u>.

13 He <u>defeated</u> his opponents in this election.

14 The house is <u>located</u> by the river.

15 The anchor is attached to a <u>chain</u>.

16 Don't give the dog chewing gum! He can't <u>digest</u> it.

17 I tried to glue the broken vase back together, but there are a few <u>chips</u> of glass left over.

18 Is life <u>imitating</u> art or art <u>imitating</u> life?

19 Old age is the <u>apparent</u> cause of death.

20 I must perform the task that has been <u>imposed</u> upon me.

11 三年二班負責<u>裝飾</u>體育館。

12 吉娜在人行道跌倒之後,她的膝蓋開始
<u>流血</u>。

13 他在這次選舉中<u>打敗</u>了對手。

14 這棟房子<u>位於</u>河邊。

15 錨<u>繫</u>在<u>鏈子</u>上。

16 不要讓那條狗嚼口香糖!牠沒辦法<u>消化</u>。

17 我試著把破掉的花瓶黏回去,但還是有
剩下一些玻璃<u>碎片</u>。

18 是人生<u>模仿</u>藝術還是藝術<u>模仿</u>人生?

19 年老是<u>明顯的</u>死亡原因。

20 我必須做已<u>加諸</u>在我身上的工作。

UNIT 21

Unit 21～25

1 spit 〔spɪt〕	*v.* 吐 【三態變化為：spit-spit-spit 或 spit-spat-spat】
2 resource 〔rɪ'sors〕	*n.* 資源 【不要和 source（來源）搞混】
3 continuous 〔kən'tɪnjuəs〕	*adj.* 連續不斷的 【動詞是 continue（繼續）】
4 scholar 〔'skɑlɚ〕	*n.* 學者 【一般說來，字尾是 ar，都不是 什麼好人，像 liar（說謊者）， burglar（夜賊），beggar（乞 丐），scholar（學者），讀書人 壞起來，更可怕】
5 operator 〔'ɑpə‚retɚ〕	*n.* 接線生 【動詞是 operate（操作）】

⁶ carve
〔 kɑrv 〕

v. 雕刻

【*carve ~ into* 把～雕刻成】

⁷ rifle
〔'raɪfḷ 〕

v. 搜遍…並偷走

n. 來福槍;步槍

【rifle 的英文發音就像「來福」】

⁸ admirable
〔'ædmərəbḷ 〕

adj. 令人欽佩的

【動詞是 admire 〔 əd'maɪr 〕 v.
欽佩】

⁹ voyage
〔'vɔɪ·ɪdʒ 〕

n. 航行

voy + age
| |
way + *n.*

¹⁰ deputy
〔'dɛpjətɪ 〕

n. 代理人

【deputy 也可當形容詞用,作
「副的;代理的」解】

11 fairly
('fɛrlı)

adv. 非常地

【fairly = pretty = rather】

12 option
('apʃən)

n. 選擇

【option = choice】

<u>option</u> ('apʃən) n. 選擇

ad<u>option</u> (ə'dapʃən) n. 採用

---

13 shortage
('ʃɔrtɪdʒ)

n. 短缺

【背這個字，先背 short 就簡單了】

14 defense
(dɪ'fɛns)

n. 防衛

【相反詞是 offense (ə'fɛns) n. 攻擊】

15 grab
(græb)

v. 抓住

【grab = grasp = grip = seize = clutch】

16 punch
(pʌntʃ)

v. 用拳頭打

【*punch sb. in/on the* + 身體的某
部位,表示「用拳頭打某人的…」】

17 delight
(dɪˈlaɪt)

v. 使高興

【delight = de + light (光線)】

18 subject
(ˈsʌbdʒɪkt)

n. 主題

【形容詞是 subjective
(səbˈdʒɛktɪv) *adj.* 主觀的】

19 cast
(kæst)

v. 投擲;鑄造

<u>cast</u> (kæst) v. 投擲
broad<u>cast</u> (ˈbrɔdˌkæst) v. 播送

20 fond
(fɑnd)

adj. 喜歡的

【*be fond of* 「喜歡」常考】

UNIT 21

1 Oscar didn't like the food so he <u>spit</u> it out.

2 Students today have many <u>resources</u> available to them, including the Internet and the school library.

3 The brain needs a <u>continuous</u> supply of blood.

4 In dynastic China, <u>scholars</u> were much respected.

5 I asked the telephone <u>operator</u> to look up the number for me.

6 He <u>carved</u> the wood into the shape of a bird.

7 A thief <u>rifled</u> all my pockets while I showered.

8 Although he failed, his effort was <u>admirable</u>.

9 We set out on a three-week <u>voyage</u>.

10 He will be my <u>deputy</u> while I am away.

UNIT 21

1 奧斯卡不喜歡這種食物，所以他把它吐
出來。

2 現在的學生擁有許多資源，包括網路和
學校的圖書館。

3 大腦需要不斷的供血。

4 在中國歷代，學者都倍受尊崇。

5 我請接線生幫我查這個號碼。

6 他把木頭刻成鳥的形狀。

7 小偷趁我淋浴時，掏光了我全部的口袋。

8 雖然他失敗了，但他的努力是令人欽佩的。

9 我們展開為期三週的航行。

10 我不在時他將代理我。

11 We could see the top of the high mountain <u>fairly</u> well.

12 He had no <u>option</u> but to agree.

13 The <u>shortage</u> of rice is causing prices to rise.

14 Attack is the best <u>defense</u>.

15 The climber <u>grabbed</u> the rope and pulled himself up.

16 He <u>punched</u> the bully in the face.

17 Circuses never fail to <u>delight</u> children.

18 The <u>subject</u> I am going to talk about is how to achieve success.

19 The fishermen <u>cast</u> their nets into the sea. Metal is first melted then <u>cast</u>.

20 Absence makes the heart grow <u>fonder</u>.

11 我們可以<u>非常</u>清楚地看到那座高山的山頂。

12 他除了同意，別無<u>選擇</u>。

13 稻米的<u>短缺</u>造成價格上揚。

14 攻擊是最佳的<u>防衛</u>。

15 這名登山者<u>抓住</u>那條繩索，然後把自己拉上去。

16 他<u>一拳打</u>在那個惡霸的臉上。

17 馬戲團一向都能<u>使</u>孩子們<u>高興</u>。

18 今天我要講的<u>主題</u>是如何成功。

19 漁民在海上<u>撒</u>網。
金屬是先經融化然後<u>鑄造</u>的。

20 小別勝新婚；不在使得心裡變得更<u>喜愛</u>。

UNIT 22

¹ **fake**　　adj. 仿冒的
〔fek〕　　【相反詞是 genuine〔'dʒɛnjuɪn〕
　　　　　　adj. 眞正的】

² **criticism**　　n. 批評
〔'krɪtə,sɪzəm〕　　【critic 是「評論家」】

³ **familiar**　　adj. 熟悉的
〔fə'mɪljɚ〕　　【背這個字，先背 family，兩者
　　　　　　差別不大】

⁴ **cope**　　v. 應付
〔kop〕　　【*cope with*「應付」，常考】

⁵ **robe**　　n. 長袍
〔rob〕　　【robe 源自於 rob〔rab〕v. 搶
　　　　　　劫，把從敵人那裡搶來的衣服
　　　　　　作爲戰利品】

⁶ **request**
(rɪ'kwɛst)

n. 要求

request (rɪ'kwɛst) v. n. 要求
require (rɪ'kwaɪr) v. 需要

⁷ **due**
(dju)

adj. 由於
【 *due to = owing to = because of* 由於】

⁸ **definite**
('dɛfənɪt)

adj. 明確的
【definite = clear】

⁹ **dye**
(daɪ)

v. 染
【dye 的現在分詞為 dyeing，不要和 die 的現在分詞 dying 搞混】

¹⁰ **mighty**
('maɪtɪ)

adj. 強有力的
【might 主要是當助動詞用，是 may 的過去式，當名詞用時，則作「力量」解】

11 status
('stetəs)

n. 地位
【status 和 state (情況) 要一起背】

12 establish
(ə'stæblɪʃ)

v. 建立
【establish = found = set up】

13 otherwise
('ʌðə,waɪz)

adv. 否則
【otherwise = other + wise】

14 estimate
('ɛstə,met)

v. 估計
【「低估」是 underestimate，「高估」則是 overestimate】

15 unless
(ən'lɛs)

conj. 除非
【unless 源自於 on less (than)，也就是 on a less condition (than)】

¹⁶ tension
('tɛnʃən)

n. 緊張
【tens 是表 stretch 的字根】

¹⁷ odd
(ɑd)

adj. 古怪的
【odd = weird = bizarre
= strange 】

¹⁸ content
(kən'tɛnt)

adj. 滿足的
【此字也可當名詞用，作「內容」
解，唸作 ('kɑntɛnt)】

¹⁹ potential
(pə'tɛnʃəl)

n. 潛力
【背這個字要先背 potent
('potnt) *adj.* 有力的；有效的】

²⁰ attempt
(ə'tɛmpt)

v. 企圖；嘗試
【tempt–attempt–contempt（輕
視）這三個字要一起背】

at + tempt
|　　|
to + 引誘

（受到引誘，想要嘗
試看看）

UNIT 22

1 Donna paid a lot of money for a famous painting but it turned out to be <u>fake</u>.

2 Would you like to listen to some constructive <u>criticism</u>?

3 She is <u>familiar</u> with the subject.

4 Lisa has to <u>cope</u> with a full-time job as well as her studies.

5 Rachel put on a <u>robe</u> after her shower.

6 We did it at his <u>request</u>.

7 <u>Due</u> to the rain, the game was put off.

8 I want a <u>definite</u> answer right now.

9 She has <u>dyed</u> her hair brown.

10 The boxer looked worried when he saw his <u>mighty</u> opponent.

UNIT 22

1 多娜付了一大筆錢買幅名畫，結果卻是
<u>仿冒的</u>。

2 你想聽一些有建設性的<u>批評</u>嗎？

3 她<u>熟悉</u>這個主題。

4 麗莎必須同時<u>應付</u>她的全職工作和學業。

5 瑞秋在淋浴之後穿上<u>長袍</u>。

6 我們應他的<u>要求</u>而這麼做。

7 比賽<u>因</u>雨延期。

8 我現在就要<u>明確的</u>答案。

9 她把頭髮<u>染</u>成了褐色。

10 當這名拳擊手看到他<u>強有力的</u>對手時，
他看起來很擔心。

11 Many young people desire <u>status</u> and security.

12 This company was <u>established</u> in 1974.

13 You had better hurry up; <u>otherwise</u>, you are going to be late for school.

14 I asked the mechanic to <u>estimate</u> how much the repairs to my car would cost.

15 <u>Unless</u> Mark arrives soon, we will have to leave without him.

16 The <u>tension</u> mounted when the police started to move in on the students.

17 I cannot understand Joan's <u>odd</u> behavior.

18 Tracy is <u>content</u> to live her life as a housewife.

19 Your <u>potential</u> is unlimited.

20 Jack and I will <u>attempt</u> to climb Mount Everest next year.

11 許多年輕人渴望擁有社會<u>地位</u>和生活保障。

12 這家公司<u>成立</u>於 1974 年。

13 你最好趕快，<u>否則</u>上學要遲到了。

14 我要求技工幫我<u>估計</u>一下，把我的車修好要花多少錢。

15 <u>除非</u>馬克很快就到，否則我們將必須丟下他而先行離開。

16 當警方開始接近學生們，<u>緊張</u>的情勢便升高。

17 我無法理解瓊安<u>古怪</u>的行為。

18 崔西對於身為一個家庭主婦感到<u>滿足</u>。

19 你的<u>潛力</u>無限。

20 我和傑克明年將<u>嘗試</u>攀登埃佛勒斯峰。

UNIT 23

¹ **dim**
(dɪm)

adj. 昏暗的
【dim = gloomy = dusk = dark】

² **flame**
(flem)

n. 火焰
【burst into flames 表示「燃燒起來」】

³ **confidence**
('kɑnfədəns)

n. 信心
【形容詞有 confident (有信心的) 和 confidential (機密的)】

⁴ **display**
(dɪ'sple)

v. 展示
【display = dis + play】

⁵ **religion**
(rɪ'lɪdʒən)

n. 宗教

region ('ridʒən) *n.* 區域
religion (rɪ'lɪdʒən) *n.* 宗教

6 occasion
〔ə'keʒən〕

n. 場合

【很多人會拼成 *occassion*（誤），
只要記住，只有一個 S 就行了】

7 represent
〔ˌrɛprɪ'zɛnt〕

v. 代表

【先背動詞 present（呈現）】

8 temporary
〔'tɛmpəˌrɛrɪ〕

adj. 暫時的

【con + temporary =
contemporary（同時代的）】

9 souvenir
〔ˌsuvə'nɪr〕

n. 紀念品

sou + venir	
up + come	（「紀念品」使回憶出現在腦中）

10 appeal
〔ə'pil〕

v. 吸引

【*appeal to* 吸引（= attract）】

appear〔ə'pɪr〕*v.* 出現
appeal〔ə'pil〕*v.* 吸引

11 remark
[rɪˈmɑrk]

n. 話;評論

【remark = re + mark (記號)】

12 plumber
[ˈplʌmɚ]

n. 水管工人

【plumber = plum (梅子) + ber,注意 b 不發音】

13 despair
[dɪˈspɛr]

n. 絕望

【pair (一雙) –repair (修理) – despair 這三個字要一起背】

14 entertain
[ˌɛntɚˈten]

v. 娛樂

【背這個字,要先背 enter (進入)】

15 contrast
[kənˈtræst]

v. 和~成對比

contra	+	st
against	+	*stand*

16 tremble
(ˈtrɛmbḷ)

v. 發抖
【tremble = shake = shiver = quiver】

17 retire
(rɪˈtaɪr)

v. 退休
【retire = re + tire（使疲憊）】

18 vital
(ˈvaɪtḷ)

adj. 非常重要的
【vital = important = crucial = essential】

19 recreation
(ˌrɛkrɪˈeʃən)

n. 娛樂

```
re    + creation
 |         |
again +  創造
```
（「娛樂」就是要讓人再度產生活力）

20 awful
(ˈɔfḷ)

adj. 可怕的
【l + awful = lawful（合法的）】

UNIT 23

1 It was difficult to read in the <u>dim</u> room.

2 The moth was attracted to the <u>flame</u> of the candle.

3 Oliver has <u>confidence</u> in your abilities.

4 The art museum is planning to <u>display</u> the new paintings it has bought.

5 I believe in <u>religion</u>.

6 I met the ambassador on several <u>occasions</u>.

7 We chose a committee to <u>represent</u> us.

8 <u>Temporary</u> shelters must be built for these refugees.

9 That is a <u>souvenir</u> of my first trip abroad.

10 His performance didn't <u>appeal</u> to me.

UNIT 23

¹ 要在這個<u>昏暗的</u>房間閱讀是很困難的。

² 這隻蛾被蠟燭的<u>火焰</u>所吸引。

³ 奧立佛對你的能力有<u>信心</u>。

⁴ 美術館正計劃<u>展示</u>新買的畫。

⁵ 我信仰<u>宗教</u>。

⁶ 我在幾個不同的<u>場合</u>見過那位大使。

⁷ 我們選出一個委員會來<u>代表</u>我們。

⁸ 一定要為這些難民搭建<u>暫時的</u>避難所。

⁹ 那是我第一次出國旅行的<u>紀念品</u>。

¹⁰ 他的演出並不<u>吸引</u>我。

11 Her <u>remarks</u> hurt his feelings.

12 The <u>plumber</u> was able to fix the leak in the pipe.

13 He gave up the attempt in <u>despair</u>.

14 He <u>entertained</u> us with music.

15 The living standard of people here in Taiwan <u>contrasts</u> sharply with that of people in mainland China.

16 Anna <u>trembled</u> with fear when she stood on the stage.

17 At the age of sixty, Sylvia decided to <u>retire</u>.

18 Trade is <u>vital</u> to the economy of Taiwan.

19 Golf is a very relaxing form of <u>recreation</u>.

20 A scene of mass poverty is an <u>awful</u> sight.

11 她的<u>話</u>傷了他的感情。

12 <u>水管工人</u>可以把這條水管
的漏洞修好。

13 他<u>絕望</u>地放棄嘗試。

14 他用音樂來<u>娛樂</u>我們。

15 台灣人民的生活水準<u>和</u>大陸形<u>成</u>強烈
的<u>對比</u>。

16 當安娜站上舞台時,她害怕得<u>發抖</u>。

17 席維亞在六十歲時就決定<u>退休</u>。

18 貿易對台灣的經濟<u>非常重要</u>。

19 高爾夫是種非常輕鬆的<u>娛樂</u>。

20 普遍貧窮的景象是<u>可怕的</u>。

UNIT 24

¹ **plastic**
（'plæstɪk）

adj. 塑膠的
【plastic surgery 是指「整形手術」】

² **disapprove**
（‚dɪsə'pruv）

v. 不贊成
【***disapprove of***「不贊成」，相反詞為 approve of】

³ **eventually**
（ɪ'vɛntʃʊəlɪ）

adv. 最後；終於
【背這個字先背 event（事件）；eventually = ultimately = finally = at last】

⁴ **beneath**
（bɪ'niθ）

prep. 在…之下
【beneath = underneath】

⁵ **delegate**
（'dɛlə‚get）

v. 指派…為代表 *n.* 代表
【而 delegation（代表團）是集合名詞】

⁶ observe
〔əbˋzɝv〕

v. 觀察；遵守

ob + serve
| |
eye + *keep* （眼睛不停地看）

⁷ disgust
〔dɪsˋgʌst〕

v. 使覺得噁心

【形容詞是 disgusting（令人噁心的）】

⁸ diploma
〔dɪˋplomə〕

n. 畢業證書

diploma *n.* 畢業證書
diplomacy *n.* 外交；外交手腕

⁹ disguise
〔dɪsˋgaɪz〕

v. n. 偽裝

【a blessing in disguise 的意思
是「因禍得福」】

¹⁰ departure
〔dɪˋpartʃɚ〕

n. 離開

【相反詞是 arrival（到達）】

11 **landscape** | *n.* 風景
(ˈlændskep) | 【而 seascape 是「海景」】

12 **imply** | *v.* 暗示
(ɪmˈplaɪ) |

```
im + ply
 |     |
in + fold   (話中有話)
```

13 **check** | *v.* 檢查
(tʃɛk) | 【此字也可當名詞，作「支票」解】

14 **breed** | *v.* 飼養
(brid) |

```
greed (grid) n. 貪心
breed (brid) v. 飼養
```

15 **steer** | *v.* 駕駛
(stɪr) | 【steering wheel
則是「方向盤」】

16 grocery
('grosərɪ)

n. 雜貨店

【grocery = grocer（雜貨商）+ y】

17 reveal
(rɪ'vil)

v. 顯示

re + veal
| |
back + veil   （取下面紗）

18 fare
(fɛr)

n. 車費

【fare = f + are】

19 chew
(tʃu)

v. 咀嚼

【chewing gum 則
是「口香糖」】

20 harvest
('hɑrvɪst)

n. 收穫

【harvest = har + vest（背心）。
「豐收」是 a rich harvest，
「歉收」則是 a poor harvest】

UNIT 24

1 These <u>plastic</u> containers are very durable.

2 Amanda <u>disapproves</u> of the way you handle your child.

3 Edith and Hillary <u>eventually</u> parted.

4 There are still many mysteries <u>beneath</u> the sea.

5 He was <u>delegated</u> to the convention.

6 Scientists have been <u>observing</u> the phenomenon for some time now.

7 We were <u>disgusted</u> by the smell of the garbage dump.

8 The principal will hand you your <u>diplomas</u> as you cross the stage.

9 He was <u>disguised</u> in women's clothing.

10 His <u>departure</u> from office has been widely speculated about.

UNIT 24

¹ 這些塑膠的容器非常耐用。

² 阿曼達不贊成你管教孩子的方式。

³ 艾迪和希拉蕊最後分手了。

⁴ 海面下仍然有許多奧秘。

⁵ 他被指派為代表去參加會議。

⁶ 科學家觀察這現象已經有一段時間了。

⁷ 垃圾場的臭味令我們作噁。

⁸ 當你們通過講台時,校長會將畢業證書
交給你們。

⁹ 他男扮女裝。

¹⁰ 他的離職已引起多方的臆測。

11 We took several photographs of the beautiful landscape of southern France.

12 Are you implying that I am not telling the truth?

13 She checked over the letter before sending it.

14 Adam breeds pedigree dogs.

15 He carefully steered his car around the corner.

16 My parents plan to open a grocery in January.

17 An X-ray revealed a tumor in his brain.

18 What is the fare to Dover?

19 A snake cannot chew its food.

20 Farmers are predicting a record harvest this year.

¹¹ 我們在法國南部拍了幾張美麗的<u>風景</u>照。

¹² 你是在<u>暗示</u>我沒講實話嗎？

¹³ 她寄信前把信從頭到尾<u>查看</u>了一遍。

¹⁴ 亞當<u>飼養</u>純種狗。

¹⁵ 他小心地<u>駕駛</u>他的車彎過那轉角。

¹⁶ 我爸媽打算在一月時開一家<u>雜貨店</u>。

¹⁷ X 光片<u>顯示</u>他腦部有腫瘤。

¹⁸ 到多佛的<u>車費</u>是多少？

¹⁹ 蛇不能<u>咀嚼</u>食物。

²⁰ 農夫預測今年的<u>收穫量</u>會破紀錄。

UNIT 25

¹ **concept**
(ˈkɑnsɛpt)

n. 概念

【注意發音，重音在第一個音節】

² **intensify**
(ɪnˈtɛnsə͵faɪ)

v. 加強

> intense (ɪnˈtɛns) *adj.* 強烈的
> intensify (ɪnˈtɛnsə͵faɪ) *v.* 加強

³ **caterpillar**
(ˈkætə͵pɪlə)

n. 毛毛蟲

cater + pillar
| |
cat + *hairy*

⁴ **convey**
(kənˈve)

v. 傳達；表達

【convey = express】

⁵ **loose**
(lus)

adj. 寬鬆的

【注意拼字，若少了一個 o，就
變成 lose (luz) *v.* 失去】

⁶ bare
〔 bɛr 〕

adj. 赤裸的

【副詞 barely 可作「幾乎不」解】

⁷ routine
〔 ru'tin 〕

n. 例行公事

【先背 route〔 rut 〕*n.* 路線】

⁸ urge
〔 ɝdʒ 〕

v. 催促

【形容詞是 urgent〔 'ɝdʒənt 〕*adj.*
迫切的；緊急的】

⁹ invisible
〔 ɪn'vɪzəbḷ 〕

adj. 看不見的

```
in  + vis + ible
 |     |     |
not + see + adj.
```

¹⁰ flexible
〔 'flɛksəbḷ 〕

adj. 有彈性的

【相反詞是 inflexible（沒有彈
性的）】

¹¹ **strict**
(strɪkt)

adj. 嚴格的
【strict = harsh = severe】

¹² **sufficient**
(sə'fɪʃənt)

adj. 足夠的
【efficient（有效率的）–
sufficient–proficient（精
通的）這三個字要一起背】

¹³ **community**
(kə'mjunətɪ)

n. 社區
【community center 是指
「社區活動中心」】

¹⁴ **pupil**
('pjupl̩)

n. 學生
【pupil = student】

¹⁵ **facial**
('feʃəl)

adj. 臉部的

fac + ial
|　　|
face + *adj.*

¹⁶ **reward**
〔rɪ'wɔrd〕

n. 報酬;獎賞

【reward 通常是指給予勞動、服務等的「報酬」或「獎賞」,而 award 是經過慎重審核之後所給予的「獎」】

¹⁷ **nuclear**
〔'njuklɪɚ〕

adj. 核子的

【背這個字,要先背 clear】

¹⁸ **inflation**
〔ɪn'fleʃən〕

n. 通貨膨脹;物價暴漲

in	+ flat +	ion
|	|	|
into	+ *blow* +	*n.*

¹⁹ **prosperous**
〔'prɑspərəs〕

adj. 繁榮的

【prosperous = flourishing = thriving】

²⁰ **rid**
〔rɪd〕

v. 自⋯除去

【*rid* A *of* B 除去 A 中的 B】

UNIT 25

1. Japanese <u>concepts</u> of management are much admired in the West.

2. Rescue workers are <u>intensifying</u> their search for the missing child.

3. The <u>caterpillar</u> will eventually turn into a beautiful butterfly.

4. He tried to <u>convey</u> what he felt.

5. Jamie wore a <u>loose</u> shirt to school this morning.

6. We walked along the beach in our <u>bare</u> feet.

7. Walking in the park is part of his daily <u>routine</u>.

8. Mark is <u>urging</u> me to take up his offer.

9. Ultraviolet rays are <u>invisible</u> to the naked eye.

10. We like <u>flexible</u> working hours.

UNIT 25

1 日本人的經營<u>概念</u>，在西方倍受推崇。

2 救援人員正<u>加強</u>搜尋那名失蹤兒童。

3 <u>毛毛蟲</u>最後將會變成美麗的蝴蝶。

4 他試圖表達他的感受。

5 傑米今天早上穿了一件<u>寬鬆的</u>襯衫到
學校。

6 我們<u>赤腳</u>沿著海灘走。

7 在公園散步是他每天的<u>例行公事</u>。

8 馬克一直<u>催促</u>我接受他的提議。

9 紫外線是肉眼<u>看不見的</u>。

10 我們喜歡<u>彈性的</u>工作時間。

11 The dorm has very <u>strict</u> rules on visitors.

12 The nation's oil reserve is <u>sufficient</u> for sixty days.

13 The Mennonite <u>community</u> in the United States is noted for its simple way of living.

14 Mrs. Clark taught her <u>pupils</u> a new song in music class today.

15 Her <u>facial</u> expression betrayed her words.

16 The fireman received a <u>reward</u> for saving the child's life.

17 Communist China possesses <u>nuclear</u> weapons.

18 The annual rate of <u>inflation</u> was 10%.

19 Our country grows ever more <u>prosperous</u>.

20 It took us all day to <u>rid</u> the garden of weeds.

11 宿舍對於訪客有非常<u>嚴格的</u>規定。

12 該國的石油儲存量<u>足夠</u>使用六十天。

13 美國的門諾<u>社區</u>以生活簡樸著稱。

14 克拉克太太在今天的音樂課上，教了
<u>學生</u>一首新歌。

15 她的<u>臉部</u>表情和她所說的話相違背。

16 這名消防隊員因為救了那個孩子的
命，而得到<u>獎賞</u>。

17 中共擁有<u>核子</u>武器。

18 年度的<u>通貨膨脹</u>率是百分之十。

19 我們的國家變得愈來愈<u>繁榮</u>。

20 我們花了一整天才<u>去除掉</u>花園的雜草。

UNIT 26

Unit 26~30

1 nerve
〔nɜv〕

n. 神經
【形容詞是 nervous
〔'nɜvəs〕*adj.* 緊張的】

2 pronunciation
〔prə,nʌnsɪ'eʃən〕

n. 發音
【動詞 pronounce
〔prə'nauns〕*v.* 發音，
和名詞 pronunciation，
要注意拼字不完全相同】

3 sum
〔sʌm〕

n. 總和
【sum = total】

4 trail
〔trel〕

n. 小徑
【trail = t + rail（鐵路）】

5 creep
〔krip〕

v. 爬行
【三態變化為：
creep-crept-crept】

6 litter
〔ˈlɪtɚ〕

v. 亂丟
【g + litter = glitter（發光）】

7 noble
〔ˈnobḷ〕

adj. 高貴的；高尚的
【名詞是 nobility〔noˈbɪlətɪ〕
n. 高貴；高尚】

8 allowance
〔əˈlauəns〕

n. 零用錢
【allowance = pocket money】

9 conscience
〔ˈkɑnʃəns〕

n. 良心

> science *n.* 科學
> conscience *n.* 良心

10 flush
〔flʌʃ〕

v. 臉紅
【flush 可能是 flash
（閃光）和 blush
（臉紅）兩字的結合】

11 damn
〔dæm〕

v. 咒罵;使下地獄;使遭天譴

【聽到別人說 God damn it!,是在說「該死!」或「糟了!」】

12 pave
〔pev〕

v. 鋪路

【pavement 是「人行道」】

13 isolate
〔'aɪsḷ,et〕

v. 使隔離

isol	+ ate
|	|
island +	*v.*

(像小島一樣被孤立)

14 cupboard
〔'kʌbəd〕

n. 碗櫥

【cupboard = cup(杯子)+ board(木板),注意 p 不發音】

15 assure
〔ə'ʃur〕

v. 向…保證

as	+ sure
|	|
to +	確定

16 capacity
〔kə'pæsətɪ〕

n. 容量
【be filled to capacity 表示「客滿」】

17 peep
〔pip〕

v. 偷窺
【peep、peek（偷看）和 peer（凝視），中間的 ee 就像 eye（眼睛）的兩個 e】

18 illustrate
〔'ɪləstret〕

v. 說明
【名詞是 illustration（插圖；實例）】

19 approve
〔ə'pruv〕

v. 同意

<u>prove</u>〔pruv〕*v.* 證明
ap<u>prove</u>〔ə'pruv〕*v.* 同意

20 illegal
〔ɪ'lig!〕

adj. 非法的
【illegal = il + legal（合法的）】

UNIT 26

¹ Our <u>nerves</u> are responsible for all our sensations.

² The <u>pronunciation</u> of the word "cupboard" has a silent p.

³ The <u>sum</u> of 4 and 5 is 9.

⁴ This <u>trail</u> leads to the top of the mountain and the other one leads to the lake.

⁵ The baby <u>crept</u> across the floor to reach the toy.

⁶ Don't <u>litter</u> your toys on the floor.

⁷ Giving your place in the lifeboat to that man was a <u>noble</u> act.

⁸ Do your parents give you an <u>allowance</u>?

⁹ As far as I am concerned, my <u>conscience</u> is clear.

¹⁰ She <u>flushed</u> with embarrassment.

UNIT 26

¹ 我們的<u>神經</u>負責我們的感官系統。

² "cupboard" 這個字的 p 不<u>發音</u>。

³ 四加五的<u>總和</u>是九。

⁴ 這條<u>小徑</u>通往山頂,而另一條則是通往湖邊。

⁵ 小嬰兒從地板上<u>爬</u>過去,想拿那個玩具。

⁶ 不要把你的玩具<u>亂丟</u>在地板上。

⁷ 把你在救生艇上的位置讓給那名男子,是很<u>高尚的</u>行為。

⁸ 你的父母親有給你<u>零用錢</u>嗎?

⁹ <u>至於</u>我,我無愧於<u>良心</u>。

¹⁰ 她因為尷尬而<u>臉紅</u>。

11 He <u>damned</u> his men right and left.

12 The residents have asked the mayor to <u>pave</u> the dirt road with asphalt.

13 SARS patients must be <u>isolated</u> from others in the hospital.

14 The canned foods are in the <u>cupboard</u>.

15 I <u>assure</u> you of the success of the project.

16 The <u>capacity</u> of this elevator is ten people.

17 The little girl <u>peeped</u> through the curtains at the visitor.

18 The picture <u>illustrates</u> how the blood circulates through the body.

19 The school has <u>approved</u> his application.

20 Possession of firearms is <u>illegal</u> in this country.

11 他胡亂<u>咒罵</u>部屬。

12 居民們要求市長替這條砂石路<u>鋪上</u>
柏油。

13 SARS 病患必須和醫院裡的其他人<u>隔離</u>。

14 罐裝食物在<u>碗櫥</u>裡。

15 我向你<u>保證</u>，這個計畫會成功。

16 這部電梯只能<u>容納</u>十個人。

17 這個小女孩透過窗簾<u>偷看</u>訪客。

18 這張圖<u>說明</u>血液如何在體內循環。

19 校方已經<u>同意</u>他的申請。

20 在這個國家，擁有武器是<u>非法的</u>。

UNIT 27

¹ **welfare**
(ˈwɛlˌfɛr,
-ˌfær)

n. 福利；幸福
【welfare = wel(l)（很好）+
fare（日子過得）】

² **stubborn**
(ˈstʌbən)

adj. 固執的

| stub + born | (生來矮的人， |
| short + 出生 | 比較頑固) |

³ **schedule**
(ˈskɛdʒul)

n. 時間表
【此字當動詞時，作「排定」解】

⁴ **withdraw**
(wɪðˈdrɔ)

v. 撤退；提（款）
【先背 draw（拉）】

⁵ **associate**
(əˈsoʃɪˌet)

v. 聯想
【*associate* A *with* B 把 A 和 B
聯想在一起】

6 desperate
('dɛspərɪt)

adj. 不顧一切的;拼命的

de	+ sper	+ ate
|	|	|
without	+ *hope*	+ *v.*

7 collapse
(kə'læps)

v. 倒塌

col	+ lapse
|	|
together	+ *slip*

8 numerous
('njumərəs)

adj. 許多的

【numerous = many】

9 crutch
(krʌtʃ)

n. 枴杖

【walk on crutches 表示「撐著枴杖走路」】

10 camel
('kæml)

n. 駱駝

【camel = came + l】

11 **capital**
〔'kæpətḷ〕

adj. 首都的

【此字當名詞時，作「首都；
資本；大寫字母」解】

12 **dash**
〔dæʃ〕

v. 猛衝　*n.* 破折號

【the hundred-meter dash 是
指「一百公尺短跑」】

13 **inherit**
〔ɪn'hɛrɪt〕

v. 繼承

【「繼承人」是 heir〔ɛr〕或
inheritor】

14 **selection**
〔sə'lɛkʃən〕

n. 選擇

【selection 也作「精選集」解】

15 **inspiration**
〔ˌɪnspə'reʃən〕

n. 靈感

```
in +  spire
 |      |
in +  breathe
```

（往心中吹氣⇒「激勵；給予靈感」）

16 transfer
(træns'fɝ)

v. 轉移;調職

trans	+	fer
|		|
across	+	*carry*

17 poverty
('pɑvətɪ)

n. 貧窮

【此字源自於 poor (窮的)】

18 authority
(ə'θɔrətɪ)

n. 權威;權力

【動詞是 authorize ('ɔθə,raɪz) v. 授權】

19 embassy
('ɛmbəsɪ)

n. 大使館

【「大使」是 ambassador
(æm'bæsədə)】

20 conquer
('kɑŋkə)

v. 征服

【conquer = defeat】

UNIT 27

1 Your <u>welfare</u> is the main concern of your parents.

2 You're as <u>stubborn</u> as a mule.

3 I have to check my <u>schedule</u>.

4 They decided to <u>withdraw</u> the troops from the front line.

5 People often <u>associate</u> snow with Santa Claus.

6 Hunger makes men <u>desperate</u>.
They made <u>desperate</u> efforts to reach the shore.

7 The building <u>collapsed</u> after the earthquake.

8 There are <u>numerous</u> books in his collection.

9 The dancer will be on <u>crutches</u> until her ankle heals.

10 The last straw breaks the <u>camel's</u> back.

UNIT 27

1 你幸福與否是你父母最關心的事。

2 你像騾子一樣固執。

3 我必須查我的時間表。

4 他們決定要部隊從前線撤退。

5 人們經常把雪和聖誕老人聯想在一起。

6 飢餓使人不顧一切。
他們拼命努力要到達岸上。

7 這棟建築物在地震之後倒塌了。

8 他的藏書很多。

9 直到這名舞者的腳踝痊癒為止，她都要
拄著柺杖。

10 【諺】最後一根稻草壓斷駱駝的背；
凡事宜節制，過則必敗事。

11 Paris is the <u>capital</u> city of France.

12 He <u>dashed</u> to get the last train.

13 Michelle <u>inherited</u> her father's business.

14 After browsing in the bookstore for an hour, Cindy finally made a <u>selection</u>.

15 The writer declared that his wartime experiences were the <u>inspiration</u> for his work.

16 Mitch was <u>transferred</u> from New York to the London office.

17 The <u>poverty</u> of these people is terrible.

18 I'm sorry, but I don't have the <u>authority</u> to grant your request.

19 When the attack began, many French citizens took refuge in their <u>embassy</u>.

20 The country was <u>conquered</u> by the invaders.

¹¹ 巴黎是法國的<u>首都</u>。

¹² 他<u>衝</u>去趕搭最後一班火車。

¹³ 蜜雪兒<u>繼承</u>了她父親的事業。

¹⁴ 在書局瀏覽了一小時之後，辛蒂終於作了<u>選擇</u>。

¹⁵ 那名作家宣稱，他在戰爭期間的經歷就是他作品的<u>靈感</u>來源。

¹⁶ 米其從紐約<u>調</u>到倫敦的公司去。

¹⁷ 這些人的<u>貧窮</u>是很嚴重的。

¹⁸ 我很抱歉，但是我沒有<u>權力</u>答應你的要求。

¹⁹ 當攻擊開始時，許多法國人民都到他們的<u>大使館</u>避難。

²⁰ 那個國家被侵略者<u>征服</u>了。

UNIT 28

1 enormous
(ɪ'nɔrməs)

adj. 巨大的
【enormous = large = vast = huge = giant = tremendous】

2 pessimistic
(ˌpɛsə'mɪstɪk)

adj. 悲觀的
【相反詞是 optimistic
(ˌɑptə'mɪstɪk) *adj.* 樂觀的】

3 reserve
(rɪ'zɜv)

v. 預訂

```
re   + serve
 |       |
back + keep   (留到以後用)
```

4 similarity
(ˌsɪmə'lærətɪ)

n. 相似之處
【similarity = resemblance】

5 tremendous
(trɪ'mɛndəs)

adj. 巨大的
【副詞 tremendously 是作
「非常地；巨大地」解】

6 remove
〔rɪ'muv〕

v. 除去

【remove = re + move（移動）】

7 ideal
〔aɪ'diəl〕

adj. 理想的

【idea（想法）和 ideal 一起背】

8 assign
〔ə'saɪn〕

v. 指派

【sign–assign–consign（委託）這三個字要一起背】

as + sign	（簽上某人的名字，
to + 簽名	把任務交給他）

9 enclose
〔ɪn'kloz〕

v. 包圍；（隨函）附寄

【名詞是 enclosure

〔ɪn'kloʒɚ〕*n.* 附寄物】

10 gigantic
〔dʒaɪ'gæntɪk〕

adj. 巨大的

【此字源自於 giant（巨人）】

11 quilt
〔kwɪlt〕

n. 棉被

【「床墊」是 mattress（'mætrɪs），
「枕頭」是 pillow（'pɪlo）】

12 wipe
〔waɪp〕

v. 擦

【「抹布」就是 wiper】

13 retain
〔rɪ'ten〕

v. 保留

【retain = preserve = keep = save】

re + tain	
| |	
back + hold	（留到以後用）

14 crush
〔krʌʃ〕

v. 壓扁

【不要和 crash（墜毀；撞毀）搞混】

15 vivid
〔'vɪvɪd〕

adj. 鮮明的；生動的

viv + id
| |
live + adj.

16 cattle
('kætḷ)

n. 牛【集合名詞】
【「小牛」是 calf (kæf),「母牛」是 cow,「公牛」是 bull】

17 solid
('salɪd)

adj. 堅固的
【古時候賣 (sold) 金子,要實在 (solid),否則會被砍斷手】

18 port
(port)

n. 港口
【air + port = airport (機場)】

19 credit
('krɛdɪt)

n. 信用
【cred 是表 believe (相信) 的字根】

20 paragraph
('pærə,græf)

n. 段落

para + graph
| |
beside + *write*

UNIT 28

¹ The plants grew to an <u>enormous</u> size.

² He is <u>pessimistic</u> about the future.

³ I'd like to <u>reserve</u> a table for two.

⁴ There is some <u>similarity</u> between the two products.

⁵ The opera singer was greeted with a <u>tremendous</u> round of applause.

⁶ The statue was <u>removed</u> from the square.

⁷ Thailand is an <u>ideal</u> site for our new factory.

⁸ Margaret has been <u>assigned</u> to work in Germany.

⁹ I <u>enclosed</u> a check for $10 in the letter.

¹⁰ You can find anything you want in this <u>gigantic</u> store.

UNIT 28

1 這些植物長得很<u>巨大</u>。

2 他對未來感到<u>悲觀</u>。

3 我想<u>預訂</u>一張兩個人坐的桌子。

4 這兩項產品有<u>一些相似之處</u>。

5 這位歌劇演唱家受到<u>熱烈的</u>掌聲歡迎。

6 廣場上的一座雕像被<u>移除</u>了。

7 泰國是我們設立新工廠的<u>理想</u>地點。

8 瑪格麗特已被<u>指派</u>到德國工作。

9 我在信中<u>附上</u>十元支票一張。

10 你可以在那家<u>超大的</u>店裡，找到你想要的任何東西。

¹¹ Now that winter is over we can put the <u>quilts</u> away until next year.

¹² George <u>wiped</u> the counter after he finished cooking.

¹³ Maria <u>retained</u> her maiden name after she was married.

¹⁴ The visitors <u>crushed</u> several small plants when they walked through the garden.

¹⁵ Our encounter at the beach is still <u>vivid</u> in my mind.

¹⁶ The <u>cattle</u> have been marked for slaughter.

¹⁷ Her company's financial reputation is as <u>solid</u> as a rock.

¹⁸ Boston is an important American <u>port</u>.

¹⁹ Her <u>credit</u> is good at those stores.

²⁰ This writer is noted for his one-sentence <u>paragraphs</u>.

¹¹ 既然多天已經過了,我們可以把<u>棉被</u>收起來,直到明年冬天。

¹² 喬治在煮完飯之後,把台面<u>擦</u>乾淨。

¹³ 瑪麗亞婚後仍<u>保留</u>她娘家的姓氏。

¹⁴ 當訪客走過花園時,他們<u>踩扁</u>了幾株小植物。

¹⁵ 我們在海灘邂逅的情景,仍<u>鮮明</u>地留在我腦海裡。

¹⁶ 這些<u>牛</u>已經被作了待宰的記號。

¹⁷ 她公司的財務信譽<u>堅</u>如磐石。

¹⁸ 波士頓是美國重要的<u>港口</u>。

¹⁹ 她在那些商店的<u>信用</u>良好。

²⁰ 這位作家以一句一<u>段</u>的寫作方式聞名。

UNIT 29

¹ **receipt**
〔rɪ'sit〕

n. 收據

【注意 p 不發音，動詞是 receive
〔rɪ'siv〕*v.* 收到】

² **annoy**
〔ə'nɔɪ〕

v. 使心煩

【名詞是 annoyance (討厭的人或
物)】

³ **surgery**
〔'sɝdʒərɪ〕

n. 手術

---
surge 〔sɝdʒ〕*n.* 巨浪
surgery 〔'sɝdʒərɪ〕*n.* 手術
---

⁴ **dine**
〔daɪn〕

v. 用餐

【dining room 就是指「飯廳」】

⁵ **anxious**
〔'æŋ(k)ʃəs〕

adj. 焦慮的

【字尾是 ious，重音在 ious 的前一
個音節上】

6 stiff
(stɪf)

adj. 僵硬的
【stiff = rigid】

7 demonstrate
('dɛmən,stret)

v. 示範;示威
【demo ('dɛmo) 是
demonstration 的簡稱】

8 phenomenon
(fə'namə,nɑn)

n. 現象
【複數形是 phenomena
(fə'namənə)】

9 evolution
(,ɛvə'luʃən)

n. 進化

e	+ volut	+ ion
out	+ *roll*	+ *n.*

(不斷向外轉,追求突破)

10 pine
(paɪn)

n. 松樹   *v.* 渴望
【pine = yearn = crave】

11 institute
('ɪnstə,tjut)

v. 制定

```
in + stitute
 |      |
in  +  stand （有效）
```
（透過制定，而變得有效）

12 defend
(dɪ'fɛnd)

v. 保衛
【defend = protect = guard】

13 consist
(kən'sɪst)

v. 組成
【*consist of* = *be composed of*
「由～組成」很常考】

14 tricky
('trɪkɪ)

adj. 棘手的
【tricky = trick（把戲）+ y】

15 rescue
('rɛskju)

v. 拯救
【rescue = save】

16 cave
〔 kev 〕

n. 洞穴

> cave〔 kev 〕n. 洞穴
> cavity〔'kævətɪ 〕n. 蛀牙

17 react
〔 rɪ'ækt 〕

v. 反應
【react = re + act (行動)】

18 origin
〔'ɔrədʒɪn 〕

n. 起源
【形容詞是 original〔ə'rɪdʒənḷ 〕
adj. 最初的；原本的】

19 sake
〔 sek 〕

n. 緣故
【*for the sake of* 爲了】

20 twins
〔 twɪnz 〕

n. pl. 雙胞胎

> win〔 wɪn 〕v. 贏
> twin〔 twɪn 〕n. 雙胞胎

UNIT 29

1. Be sure to ask for a <u>receipt</u> whenever you buy something.

2. Her shrill voice <u>annoyed</u> me.

3. She has undergone <u>surgery</u> three times to correct the deformity.

4. Our group will <u>dine</u> at eight and then go to an after-dinner show.

5. An <u>anxious</u> crowd waited outside the building for the results of the election.

6. I have a <u>stiff</u> shoulder.

7. Let me <u>demonstrate</u> to you how this machine works.

8. Lightning is a natural <u>phenomenon</u>.

9. Darwin's theory of <u>evolution</u> is really very ancient.

10. He <u>pined</u> for his wife and children.

UNIT 29

¹ 你每次買東西的時候，一定要索取<u>收據</u>。

² 她尖銳的聲音<u>使我心煩</u>。

³ 她已經動過三次<u>手術</u>來矯正畸型。

⁴ 我們這一組會在八點時<u>用餐</u>，然後去看一場餐後表演。

⁵ <u>焦慮不安</u>的群眾在大樓外面等待選舉的結果。

⁶ 我的肩膀<u>僵硬</u>。

⁷ 讓我爲你<u>示範</u>這台機器如何運作。

⁸ 閃電是一種自然<u>現象</u>。

⁹ 達爾文的<u>進化</u>論歷史非常悠久。

¹⁰ 他<u>渴望</u>見到他的妻子和小孩。

11 Emperor Puyi <u>instituted</u> many reforms during his last years as China's emperor.

12 The soldiers <u>defended</u> the town bravely.

13 Cake <u>consists</u> of flour, sugar and some other ingredients.

14 Iris didn't know how to answer the <u>tricky</u> question.

15 Firefighters <u>rescued</u> the residents of the burning building.

16 The cliffs are riddled with <u>caves</u>.

17 The accused <u>reacted</u> indifferently to the verdict.

18 The Gypsies have their <u>origins</u> in India.

19 The couple stayed together for the <u>sake</u> of the children.

20 Brad and Billy are identical <u>twins</u>.

11 中國的末代皇帝溥儀於在位的最後幾年裡，<u>制定</u>了許多改革方案。

12 士兵們勇敢地<u>保衛</u>城鎮。

13 蛋糕是由麵粉、糖和一些其他原料所<u>製成</u>。

14 愛麗絲不知道如何回答這個<u>棘手的</u>問題。

15 消防隊員將居民從那棟燃燒的建築物中<u>救出</u>。

16 懸崖上佈滿<u>洞穴</u>。

17 被告對於判決<u>反應</u>冷漠。

18 吉普賽人<u>起源</u>於印度。

19 這對夫妻為了孩子的<u>緣故</u>，還是繼續在一起。

20 布雷德和比利是同卵<u>雙胞胎</u>。

UNIT 30

¹ **vain**
〔ven〕

adj. 徒勞的
【*in vain*「徒勞無功」，為「介詞＋形容詞」的成語，很常考】

² **interfere**
〔,ıntɚ'fır〕

v. 干涉

inter	+	fere
|		|
between	+	*strike*

（彼此對打）

³ **clumsy**
〔'klʌmzı〕

adj. 笨拙的
【clumsy = awkward】

⁴ **exaggerate**
〔ıg'zædʒə,ret〕

v. 誇大
【exaggerate = overstate】

⁵ **journal**
〔'dʒɝnl̩〕

n. 日誌
【journal 也作「期刊」解】

6 predict
〔 prɪˈdɪkt 〕

v. 預測

pre	+ dict
before	+ say

（事情發生前先說）

7 roar
〔 ror 〕

v. 吼叫

【roar 這個字是擬聲字，唸起來就很像在怒吼】

ROAR

8 approach
〔 əˈprotʃ 〕

v. 接近

【此字當名詞時，可作「方法」解】

9 abuse
〔 əˈbjuz 〕

v. 濫用；虐待

ab	+ use
away	+ 使用

（沒正確使用）

10 drown
〔 draʊn 〕

v. 淹死

【drown 源自於 drink（喝），喝太多水而死掉】

11 incident
('ɪnsədənt)

n. 事件

【incident = event
= happening = occurrence 】

12 crack
(kræk)

v. 裂開

---
rack (ræk) n. 架子
crack (kræk) v. 裂開
---

13 outcome
('aut,kʌm)

n. 結果

【outcome = result
= consequence 】

14 delicate
('dɛləkɪt)

adj. 精緻的

【delicate = fine 】

15 negotiation
(nɪ,goʃɪ'eʃən)

n. 談判

【動詞為 negotiate
(nɪ'goʃɪ,et) v. 談判 】

16 symptom
('sɪmptəm)

n. 症狀

sym	+	ptom
together	+	fall

（和病一起降臨到身上）

17 worthy
('wɜðɪ)

adj. 值得的

【*be worthy of* 值得】

18 reception
(rɪ'sɛpʃən)

n. 歡迎招待會

【receptionist 是「接待員」】

19 attach
(ə'tætʃ)

v. 貼上；附上

【*attach* A *to* B
把 A 貼在 B 上】

attach (ə'tætʃ) v. 貼上
attack (ə'tæk) v. 攻擊

20 ambassador
(æm'bæsədə)

n. 大使

【embassy 是「大使館」】

UNIT 30

1 He tried to save her but in <u>vain</u>.

2 Cathy said she would handle the situation and warned us not to <u>interfere</u>.

3 He is <u>clumsy</u> at using chopsticks.

4 Mary likes to <u>exaggerate</u> about how rich she is.

5 Elizabeth keeps a <u>journal</u> of her daily work in the office.

6 It's hard to <u>predict</u> the outcome of the elections.

7 The lion <u>roared</u> ferociously.

8 A beggar <u>approached</u> me for alms today.

9 Don't <u>abuse</u> your authority.

10 Five fishermen <u>drowned</u> in the sinking of the ship.

UNIT 30

1 他嘗試去救她，但<u>徒勞無功</u>。

2 凱西說她會處理這種情況，並警告我們不要<u>干涉</u>。

3 他使用筷子很<u>笨拙</u>。

4 瑪麗喜歡<u>誇大</u>她自己多有錢。

5 伊莉莎白每天都寫辦公室<u>日誌</u>。

6 選舉的結果很難<u>預測</u>。

7 獅子兇猛地怒<u>吼</u>著。

8 今天有個乞丐<u>走近</u>我乞求施捨。

9 不要<u>濫用</u>你的職權。

10 這次的沉船事件中，有五個漁夫<u>淹死</u>。

11 I have reported the <u>incident</u> to the principal.

12 My glasses <u>cracked</u> when they fell on the floor.

13 Everyone is excited about the <u>outcome</u> of the test.

14 What a <u>delicate</u> piece of embroidery!

15 The <u>negotiations</u> have proceeded without a hitch.

16 The doctor asked Ted about his <u>symptoms</u> in order to make a diagnosis.

17 That event is <u>worthy</u> of being remembered.

18 A <u>reception</u> was held in his honor.

19 He <u>attached</u> the photo to the application form.

20 Mr. Lee is our <u>ambassador</u> to South Africa.

11 我已把這個<u>事件</u>報告給校長知道。

12 我的眼鏡摔到地板上時<u>裂開</u>了。

13 每個人對測驗的<u>結果</u>都覺得很興奮。

14 好<u>精緻的</u>刺繡！

15 <u>談判</u>進行得很順利。

16 醫生詢問泰德的<u>症狀</u>，好加以診斷。

17 那件事是<u>值得</u>記憶的。

18 他們舉行一場<u>歡迎會</u>招待他。

19 他把照片<u>貼</u>在申請表上。

20 李先生是我們派駐南非的<u>大使</u>。

UNIT 31

Unit 31～35

¹ **extinct**
（ ɪkˈstɪŋkt ）

adj. 絕種的

> extinct（ ɪkˈstɪŋkt ）adj. 絕種的
> extinguish（ ɪkˈstɪŋgwɪʃ ）v. 熄滅

² **nourish**
（ ˈnɝɪʃ ）

v. 滋養

> nour + ish
> 　|　　　|
> *nurse* + *v.*

³ **contest**
（ ˈkɑntɛst ）

n. 比賽
【contest = con + test（測驗）】

⁴ **racial**
（ ˈreʃəl ）

adj. 種族的
【*racial discrimination* 種族歧視】

⁵ **tale**
（ tel ）

n. 故事
【「童話故事」則是 fairy tale】

6 wander
(ˈwɑndɚ)

v. 閒逛;徘徊

【不要和 wonder(想知道)搞混,
只要記住 wa 是指 walk 就行了】

7 aboard
(əˈbord)

adv. 在車(船、飛機)上

> board *v.* 上(車、船、飛機)
> aboard *adv.* 在車(船、飛機)上

8 rarely
(ˈrɛrlɪ)

adv. 很少

【rarely = seldom】

9 clue
(klu)

n. 線索;提示

【clue 源自於 clew(線團),希臘神
話中的 Theseus 用線團作為走出
迷宮的指引】

10 witness
(ˈwɪtnɪs)

n. 目擊者

【witness = wit(機智)+ ness,
此字也可當動詞用,作「目擊」解】

11 tropical
('trɑpɪkḷ)

adj. 熱帶的
【「熱帶雨林」則是 tropical
rain forest】

12 judgment
('dʒʌdʒmənt)

n. 判斷
【也可寫成 judgement】

13 cease
(sis)

v. 停止
【在外國影片的槍戰場面中,會
聽到有人說 cease fire,即表
示「停火」】

14 delete
(dɪ'lit)

v. 刪除
【delete = erase = remove
= cancel = cross out】

15 interpret
(ɪn'tɝprɪt)

v. 詮釋;口譯

inter	+	pret
|		|
between	+	*price*

16 cruelty
('kruəltɪ)

n. 殘酷

【cruel (殘酷的) 源自於
crude (粗魯的)】

17 transform
(træns'fɔrm)

v. 轉變

| trans | + | form |
| across | + | 形成 |

18 obvious
('abvɪəs)

adj. 明顯的

【obvious = apparent
= evident】

19 dignity
('dɪgnətɪ)

n. 尊嚴

【*maintain one's dignity*
維持尊嚴】

20 educate
('ɛdʒʊ,ket)

v. 教育

【形容詞是 educated (受過教
育的；有教養的)】

UNIT 31

1 If we do not protect endangered species, they may become <u>extinct</u>.

2 We <u>nourish</u> the plants with a fertilizer.

3 I doubt he can win in this <u>contest</u>. I have no confidence in him.

4 Not giving the job to him just because he is black is <u>racial</u> discrimination.

5 My father told me a <u>tale</u> about a whale.

6 We <u>wandered</u> around the park, looking for a good spot for a picnic.

7 The bus will leave as soon as we are <u>aboard</u>.

8 I <u>rarely</u> swim in cold weather.

9 Don't tell me the answer; give me a <u>clue</u>.

10 The <u>witness</u> made a statement to the police.

UNIT 31

1 如果我們不保護瀕臨絕種的動物，牠們可
能會絕種。

2 我們用肥料來滋養植物。

3 我認為他不可能贏得這場比賽。我對他沒
信心。

4 只因為他是黑人而不給他工作，這是種族
歧視。

5 我的父親告訴我一個關於鯨魚的故事。

6 我們在公園裡到處徘徊，找尋一個野餐的
好地點。

7 一當我們都上車，公車就會出發了。

8 我很少在寒冷的天氣裡游泳。

9 不要告訴我答案；給我一個提示。

10 這位目擊者對警察陳述事情。

11 The temperatures in <u>tropical</u> regions are high all the year round.

12 Your <u>judgment</u> of his character is not objective.

13 The colonel ordered the men to <u>cease</u> firing.

14 Would you please <u>delete</u> my name from the list?

15 As Mr. Johnson can speak both Polish and English, he will <u>interpret</u> for our guests.

16 The people who saw the man beat his dog were shocked by his <u>cruelty</u>.

17 Can matter be <u>transformed</u> into energy?

18 It's <u>obvious</u> that there are still some disadvantages to the plan he presented.

19 She maintained her <u>dignity</u> throughout the trial.

20 Their son was <u>educated</u> in Switzerland and only recently returned home.

¹¹ 熱帶地區的溫度整年都很高。

¹² 你對他人格的判斷並不客觀。

¹³ 這位上校命令士兵們停火。

¹⁴ 可以請你把我的名字從名單中刪除嗎？

¹⁵ 因為強森先生會說波蘭語和英語，他將
為我們的客人口譯。

¹⁶ 看到那位男士打自己的狗的人，都因為
他的殘酷而感到震驚。

¹⁷ 物質能轉變成能量嗎？

¹⁸ 他提出的計畫顯然還有一些缺點。

¹⁹ 整個審判中，她都維持著尊嚴。

²⁰ 他們的兒子在瑞士受教育，最近才回國。

UNIT 32

1 occupy
('akjə,paɪ)

v. 佔據

【occupy = take up】

2 literature
('lɪtərətʃə)

n. 文學

liter	+ at(e) +	ure
letter(文字)+	*adj.* +	*n.*

3 distinct
(dɪ'stɪŋkt)

adj. 不同的;獨特的

distinct *adj.* 不同的;獨特的
distinguish v. 分辨

4 release
(rɪ'lis)

v. 釋放

【不要和 relax(放鬆)搞混】

5 volunteer
(,valən'tɪr)

n. 自願者

【形容詞是 voluntary(自願的)】

6 correspond
〔͵kɔrə'spɑnd〕

v. 通信；符合

cor	+ respond
|	|
together +	回應

7 worthless
〔'wɝθlɪs〕

adj. 無價值的；無用的
【-less 是表「沒有」的字尾，
worthless = valueless】

8 yell
〔jɛl〕

v. 喊叫；吼叫
【yell = shout】

9 terminal
〔'tɝmənḷ〕

n. (公車) 總站；(飛機)
航空站
【此字也可當形容詞用，作「最
後的；末期的」解】

10 jail
〔dʒel〕

n. 監獄
【jail = prison，go to jail 即
表示「入獄」】

11 logical
〔'lɑdʒɪkḷ〕

adj. 合邏輯的
【名詞是 logic（邏輯），英文發音跟中文發音很像】

12 confusion
〔kən'fjuʒən〕

n. 困惑
【形容詞有 confused
（困惑的）和 confusing
（令人困惑的）】

13 regulate
〔'rɛgjə,let〕

v. 管制；調節

regul	+	ate
rule	+	*v.*

14 eager
〔'igɚ〕

adj. 渴望的
【eager = keen = desirous】

15 mankind
〔mæn'kaɪnd〕

n. 人類
【mankind = human beings】

16 transplant
(træns'plænt)

v. n. 移植
【transplant = trans + plant
（種植）】

17 donate
('donet)

v. 捐贈
【「捐血」則是 donate blood】

18 liberal
('lɪbərəl)

adj. 開明的；自由的
【名詞是 liberty ('lɪbətɪ) *n.*
自由，而 the Statue of
Liberty 就是「自由女神像」】

19 scream
(skrim)

v. 尖叫
【scream = shriek】

20 acquire
(ə'kwaɪr)

v. 獲得
【acquire = gain = obtain】

ac + quire
to + seek

UNIT 32

1 My club duties <u>occupy</u> most of my time.

2 Nick didn't major in <u>literature</u> because he hates reading.

3 This brand of milk has a <u>distinct</u> taste.

4 After ten years in jail, the criminal was <u>released</u>.

5 The charity is staffed by <u>volunteers</u>.

6 Matt and Denise <u>corresponded</u> regularly after leaving school.

7 The coupon has expired, so it is <u>worthless</u>.

8 Tony's mother <u>yelled</u> at him for watching too much TV.

9 Passengers lined up to check in at the departure <u>terminal</u>.

10 The suspect was kept in <u>jail</u> until his trial.

UNIT 32

¹ 社團職務<u>佔據</u>我大部分的時間。

² 尼克不是主修<u>文學</u>，因為他不喜歡閱讀。

³ 這個牌子的牛奶有一種<u>獨特的</u>味道。

⁴ 服刑十年後，這名犯人被<u>釋放</u>了。

⁵ 這個慈善機構的工作人員都是<u>志工</u>。

⁶ 畢業後，麥特和丹尼斯定期<u>通信</u>。

⁷ 這張優待券已經到期，所以它現在<u>沒價值</u>了。

⁸ 東尼的媽媽對著他<u>大吼</u>，因為他看太多電視。

⁹ 乘客在離境的<u>航站</u>排隊辦理登機手續。

¹⁰ 這名嫌犯會一直被關在<u>監獄</u>裡直到審判時。

¹¹ Your argument is not <u>logical</u> at all.

¹² The students' <u>confusion</u> was obvious in their puzzled looks.

¹³ The price of gas is <u>regulated</u> by the government.

¹⁴ Ken is <u>eager</u> to start college.

¹⁵ <u>Mankind</u> did not exist ten million years ago.

¹⁶ The plants are first grown indoors and then <u>transplanted</u> outside.

¹⁷ Wealthy people regularly <u>donate</u> money to charity.

¹⁸ Jenny's <u>liberal</u> parents give her freedom.

¹⁹ Most people who ride this roller coaster <u>scream</u>.

²⁰ Try to <u>acquire</u> knowledge little by little.

¹¹ 你的論點完全不合<u>邏輯</u>。

¹² 學生們困惑的表情有著明顯的<u>困惑</u>。

¹³ 油價是由政府<u>管制</u>。

¹⁴ 肯恩<u>渴望</u>開始上大學。

¹⁵ 一千萬年前，<u>人類</u>不存在。

¹⁶ 這些植物先被種在室內，然後才<u>移植</u>到室外。

¹⁷ 有錢人會定期<u>捐</u>錢給慈善機構。

¹⁸ 珍妮<u>開明的</u>父母給她自由。

¹⁹ 大多數坐雲霄飛車的人都會<u>尖叫</u>。

²⁰ 試著一點一點地<u>獲得</u>知識。

UNIT 33

1 dairy
〔'dɛrɪ〕

n. 酪農場

【不要和 diary（日記）搞混】

2 invade
〔ɪn'ved〕

v. 入侵

```
in  +  vade
 |       |
into +  go
```

3 characteristic
〔͵kærɪktə'rɪstɪk〕

n. 特性

【character 是作「角色；
性格」解】

4 label
〔'lebḷ〕

n. 標籤

【label = tag】

5 journey
〔'dʒɝnɪ〕

n. 旅程

【journ 是表 day 的字根】

6 ministry
('mɪnɪstrɪ)

n. 部;內閣
【minister 是指「部長」】

7 native
('netɪv)

adj. 本國的
【相反詞是 foreign ('fɔrɪn) *adj.*
外國的】

8 obstacle
('ɑbstəkḷ)

n. 阻礙

ob	+	sta	+	cle
against	+	*stand*	+	*n.*

9 aggressive
(ə'grɛsɪv)

adj. 有攻擊性的

ag	+	gress	+	ive
to	+	*walk*	+	*adj.*

10 overall
('ovə,ɔl)

adj. 全面的;整體的
【overall = over(遍及)+ all
(全部)】

11 site
(saɪt)

n. 地點
【site = place = location】

12 participate
(pɑr'tɪsə‚pet)

v. 參加
【*participate in = take part in*「參加」很常考】

13 discount
('dɪskaʊnt)

n. 折扣
【discount = dis + count (計算)，不列入計算的部分】

14 rely
(rɪ'laɪ)

v. 依靠
【*rely on* 依靠】

15 anniversary
(‚ænə'vɜsərɪ)

n. 週年紀念日

anni	+ vers	+ ary
year	+ turn	+ n.

（每年會再發生的事情）

16 stimulate
〔'stɪmjə‚let〕

v. 刺激
【stimulus 是「刺激（物）」】

17 preferable
〔'prɛfərəbḷ〕

adj. 比較好的
【動詞是 prefer〔prɪ'fɝ〕*v.*
比較喜歡】

18 arise
〔ə'raɪz〕

v. 發生
【*arise from* 起因於；由於】

19 vitamin
〔'vaɪtəmɪn〕

n. 維他命；維生素

（此字是由波蘭科學家 Casimir
Funk 所創造的，他當時認爲維
生素都屬於胺類）

20 safely
〔'seflɪ〕

adv. 安全地
【名詞是 safety（安全）】

UNIT 33

1. The <u>dairy</u> produces milk and cheese.

2. Ants <u>invaded</u> our kitchen so we called an exterminator.

3. Diligence is one of Ellen's <u>characteristics</u>.

4. According to the <u>label</u>, this shirt is made of cotton.

5. Our <u>journey</u> across China was interesting.

6. The Trade <u>Ministry</u> imposes a tax on imported goods.

7. For most Americans, English is their <u>native</u> language.

8. The fallen tree was an <u>obstacle</u> to traffic.

9. Killer bees are very <u>aggressive</u> and are very dangerous.

10. Although the hotel is inexpensive, my <u>overall</u> impression of it is not good.

UNIT 33

¹ 這座<u>酪</u>農場生產牛奶和起司。

² 螞蟻<u>入侵</u>我們的廚房,所以我們打電話給
滅蟻公司。

³ 勤奮是艾倫的<u>特性</u>之一。

⁴ 根據此<u>標籤</u>,這件襯衫是棉製的。

⁵ 我們橫越中國的<u>旅程</u>很有趣。

⁶ 貿易<u>部</u>對進口物品課稅。

⁷ 對大多數的美國人而言,英語是他們的
<u>國語</u>。

⁸ 倒下的樹木對交通是一個<u>阻礙</u>。

⁹ 非洲殺人蜂非常<u>有攻擊性</u>,而且非常危險。

¹⁰ 雖然這間飯店不貴,但我對它的<u>整體</u>印象
並不好。

¹¹ This is the <u>site</u> of the new airport, which
   will be built within three years.

¹² Many people <u>participated</u> in the contest.

¹³ We offer a 10% <u>discount</u> if you pay in cash.

¹⁴ I <u>rely</u> on my secretary to remind me of
   important appointments.

¹⁵ Yesterday was their wedding <u>anniversary</u>.

¹⁶ The good smell <u>stimulated</u> my appetite.

¹⁷ Jack finds afternoon classes <u>preferable</u> to
   morning ones.

¹⁸ Hopefully no problems will <u>arise</u> from
   the lack of medical supplies.

¹⁹ Eating foods rich in <u>vitamins</u> is one of the
   most effective ways to stay healthy.

²⁰ The roads are slippery, so fasten your
   seatbelt and drive <u>safely</u>.

¹¹ 這是新機場的<u>地點</u>，將會在三年內蓋好。

¹² 許多人<u>參加</u>了那場比賽。

¹³ 如果你付現，我們會打九<u>折</u>。

¹⁴ 我<u>靠</u>秘書提醒我重要的約會。

¹⁵ 昨天是他們的結婚<u>週年紀念日</u>。

¹⁶ 那個香味<u>刺激</u>了我的食慾。

¹⁷ 傑克發現下午的課會<u>比</u>早上的課<u>好</u>。

¹⁸ 如果幸運的話，將沒有問題會<u>起因</u>於醫療物資的不足。

¹⁹ 吃有豐富<u>維生素</u>的食物，是保持健康最有效的方法之一。

²⁰ 這些道路很滑，所以要繫上安全帶，並<u>安全</u>駕駛。

UNIT 34

¹ **coarse**
〔kors〕

adj. 粗糙的
【相反詞是 smooth（平滑的）】

² **shallow**
〔'ʃælo〕

adj. 淺的
【shallow 也作「膚淺的」解】

³ **elaborate**
〔ɪ'læbərɪt〕

adj. 精巧的

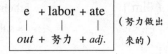

（努力做出來的）

⁴ **loneliness**
〔'lonlɪnɪs〕

n. 寂寞
【形容詞是 lonely（寂寞的），
而 lone 的意思是「孤單的」】

⁵ **cigarette**
〔'sɪg.rɛt,
.sɪgə'rɛt〕

n. 香菸
【tobacco〔tə'bæko〕
是「菸草」】

6 twinkle
(ˈtwɪŋkl̩)

v. 閃爍
【先背 wink（眨眼）】

7 unfortunately
(ʌnˈfɔrtʃənɪtlɪ)

adv. 不幸地；遺憾地
【先背 fortune（運氣）】

8 theme
(θim)

n. 主題
【theme = topic
= subject】

9 meanwhile
(ˈminˌhwaɪl)

adv. 同時
【meanwhile = at the
same time】

10 deceive
(dɪˈsiv)

v. 欺騙
【ceive 是表 take 的字根，
把對方帶到陷阱裡】

11 quote
〔 kwot 〕

v. 引用
【quote = cite】

12 panic
〔'pænɪk 〕

v. n. 恐慌
【panic 的過去式及過去分詞為
panic<u>k</u>ed。panic 源自於希臘
神話中的牧羊神 Pan，因為
Pan 會在荒涼的地方，突然製
造故弄玄虛的聲音來嚇人】

13 superb
〔 su'pɝb 〕

adj. 極好的
【superb = super + b】

14 youngster
〔'jʌŋstɚ 〕

n. 年輕人；小孩
【-ster 是表「人」的字尾】

15 crisp
〔 krɪsp 〕

adj. 脆的；酥的
【crisp = crispy】

16 **wire**
〔 waɪr 〕

n. 電線

【wire + less = wireless（無線的）】

17 **murder**
〔'mɝdɚ 〕

v. n. 謀殺

【murderer 則是「兇手」】

18 **virus**
〔'vaɪrəs 〕

n. 病毒

【所以 antivirus software 是「防毒軟體」】

19 **entry**
〔'ɛntrɪ 〕

n. 入口

【動詞是 enter〔'ɛntɚ 〕v. 進入】

20 **bless**
〔 blɛs 〕

v. 祝福

【要注意 bless 的過去式及過去分詞 blessed（ blɛst ），和形容詞 blessed（'blɛsɪd ）的發音不同】

UNIT 34

¹ I don't like to wear this shirt because the material feels <u>coarse</u>.

² Children are restricted to the <u>shallow</u> end of the swimming pool.

³ Father gave me an <u>elaborate</u> hat as a present.

⁴ The Smiths felt a sense of <u>loneliness</u> after their kids moved out.

⁵ Gary lit a <u>cigarette</u> and smoked it quickly.

⁶ I like to sit outside at night and watch the stars <u>twinkle</u>.

⁷ <u>Unfortunately</u>, I can't go to your party.

⁸ Love has been a recurrent <u>theme</u> in literature.

⁹ You look in the shoe store and <u>meanwhile</u> I'll go to the bookstore.

¹⁰ Misleading ads may <u>deceive</u> the public.

UNIT 34

¹ 我不喜歡穿這件襯衫，因為布料很<u>粗糙</u>。

² 兒童被限制只能在游泳池水<u>淺</u>的一端活動。

³ 父親送我一頂<u>精緻</u>的帽子作為生日禮物。

⁴ 史密斯夫婦在孩子們搬出去之後，感到很<u>寂寞</u>。

⁵ 蓋瑞點了一根<u>香煙</u>，然後快速抽完。

⁶ 我喜歡晚上坐在戶外看星星<u>閃爍</u>。

⁷ <u>遺憾的是</u>，我不能去參加你的派對。

⁸ 在文學中，愛情是會一再出現的<u>主題</u>。

⁹ 你在鞋店看的時候，我<u>同時</u>也會去書店。

¹⁰ 容易引起誤解的廣告可能會<u>欺騙</u>大眾。

¹¹ Our teacher always <u>quotes</u> from the Bible.

¹² There was a <u>panic</u> when someone shouted, "Fire!"

¹³ The <u>superb</u> meal was surprisingly cheap.

¹⁴ Almost every <u>youngster</u> today has a cell phone.

¹⁵ These vegetables are not <u>crisp</u> because they are no longer fresh.

¹⁶ We had no power after the electrical <u>wires</u> were cut.

¹⁷ After killing the man, he claimed it was an accident and not <u>murder</u>.

¹⁸ Some kind of <u>virus</u> affected my computer.

¹⁹ Please leave your wet umbrella in the umbrella stand in the <u>entry</u>.

²⁰ The old man <u>blessed</u> his granddaughter, wishing her a long and happy life.

¹¹ 我們的老師總是會引用聖經的話。

¹² 當有人大喊:「失火了!」就引起一陣恐慌。

¹³ 這頓極好的餐點出乎意料的便宜。

¹⁴ 現在幾乎每個年輕人都有手機。

¹⁵ 這些蔬菜不脆,因為它們不再新鮮了。

¹⁶ 電線被剪斷後,我們就沒電了。

¹⁷ 殺了那位男士之後,他宣稱那是個意外,
而不是謀殺。

¹⁸ 有某種病毒侵襲我的電腦。

¹⁹ 請把你濕的雨傘放在入口的傘架裡。

²⁰ 這位老人祝福自己的孫女,希望她有一個
長久幸福的生活。

UNIT 35

¹ **waken**
  (´wekən)

v. 叫醒
【waken = awaken
  = wake up】

² **flavor**
  (´flevə)

n. 味道
【flavour 是英式用法】

³ **compliment**
  (´kɑmpləmənt)

n. 稱讚
【和 complement（補充）只
  差一個字母】

⁴ **zone**
  (zon)

n. 地區；區域
【zone = area = region
  = district】

⁵ **gallon**
  (´gælən)

n. 加侖
【美國的一加侖約爲 3.785 公
  升，英國則約爲 4.546 公升】

6 halt
〔hɔlt〕

v. 停止

【halt 源自於 hold（止住）】

7 inquire
〔ɪnˈkwaɪr〕

v. 詢問

```
in  + quire
 |      |
into + seek
```

8 realistic
〔͵riəˈlɪstɪk〕

adj. 現實的；實際的

【相反詞是 impractical
〔ɪmˈpræktɪkl̩〕*adj.* 不切實際的】

9 digital
〔ˈdɪdʒɪtl̩〕

adj. 數位的

【「數位相機」是 digital camera】

10 keen
〔kin〕

adj. 激烈的

【*keen competition* 激烈的競爭】

11 crystal
〔'krɪstl̩〕

n. 水晶　adj. 水晶的
【as clear as crystal 這個片
　語的意思是「清澈的」】

12 spiritual
〔'spɪrɪtʃuəl〕

adj. 精神上的
【相反詞是 physical〔'fɪzɪkl̩〕
　adj. 身體的】

13 campaign
〔kæm'pen〕

n. 運動；宣傳活動
【camp 是表 field 的字根】

14 atmosphere
〔'ætməs,fɪr〕

n. 大氣層；氣氛

atmo + sphere
vapor + ball

15 nearby
〔'nɪr,baɪ〕

adj. 附近的
【nearby = near + by】

16 extraordinary
(ɪk'strɔdn̩,ɛrɪ)

adj. 異常的;非凡的;非常奇怪的

> extra + ordinary
> |　　　　　|
> *beyond* + 普通的

17 mainly
('menlɪ)

adv. 主要地

【mainly = mostly = chiefly】

18 swear
(swɛr)

v. 發誓

【三態變化為: swear-swore-sworn】

19 protest
(prə'tɛst)

v. 抗議

【先背 test (測驗)】

20 insert
(ɪn'sɝt)

v. 插入

【相反詞是 extract (ɪk'strækt) *v.* 抽出】

UNIT 35

1 It's time to <u>waken</u> the children for school.

2 The spices give this dish a nice <u>flavor</u>.

3 Her cooking received many <u>compliments</u>.

4 There are no factories in the residential <u>zone</u>.

5 It is getting more and more expensive to buy a <u>gallon</u> of gas.

6 The dentist <u>halted</u> the procedure because his patient was in pain.

7 If you have any questions, you may <u>inquire</u> at the information desk.

8 Harry is not a daydreamer; he always takes a <u>realistic</u> view of things.

9 A <u>digital</u> thermometer is very accurate.

10 The competition to get into NTU is <u>keen</u>.

UNIT 35

¹ 是該<u>叫醒</u>孩子們去上學的時候了。

² 香料使這道菜有了好吃的<u>滋味</u>。

³ 她煮的菜受到許多<u>稱讚</u>。

⁴ 這個住宅<u>區</u>沒有工廠。

⁵ 買一<u>加侖</u>的汽油變得越來越貴了。

⁶ 牙醫<u>停止</u>了治療程序，因為病人很痛。

⁷ 如果你有問題，可以到服務台<u>詢問</u>。

⁸ 哈利不愛做白日夢；他總是對事情抱持
<u>實際</u>的看法。

⁹ <u>數位</u>溫度計非常精確。

¹⁰ 進入台大的競爭是很<u>激烈的</u>。

11 We don't often use our <u>crystal</u> glasses, for they are quite expensive.

12 The priest gave Liz <u>spiritual</u> comfort.

13 The old man made speeches in political <u>campaigns</u> when he was young.

14 The satellite will burn up when it enters the earth's <u>atmosphere</u>.

15 We decided to go to a <u>nearby</u> restaurant.

16 Amanda told me an <u>extraordinary</u> story.

17 French is spoken <u>mainly</u> in France.

18 I <u>swear</u> that I'll tell the truth.

19 The residents <u>protested</u> when the park was closed.

20 Mindy <u>inserted</u> the phone card and made a call.

¹¹ 我們不常使用<u>水晶</u>杯，因為它們相當昂貴。

¹² 神父給予麗茲<u>精神上的</u>安慰。

¹³ 這位老人年輕時，在政治<u>宣傳</u>活動中發表演說。

¹⁴ 當人造衛星進入地球的<u>大氣層</u>時，它會燒毀。

¹⁵ 我們決定去<u>附近的</u>餐廳。

¹⁶ 艾曼達告訴我一個<u>奇怪的</u>故事。

¹⁷ 法文<u>主要</u>使用於法國。

¹⁸ 我<u>發誓</u>我會說實話。

¹⁹ 當公園關閉時，居民提出<u>抗議</u>。

²⁰ 敏蒂<u>插入</u>電話卡，然後打了一通電話。

UNIT 36

Unit 36~40

¹ **construct** （kən'strʌkt）	*v.* 建造 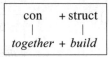
² **reform** （rɪ'fɔrm）	*v.* 改革 【reform = re + form（形成）， 再形成為另一種局面】
³ **enable** （ɪn'ebḷ）	*v.* 使能夠 【enable = en + able（能夠的）】
⁴ **hug** （hʌg）	*v.* 擁抱 【hug = embrace】
⁵ **sensitive** （'sɛnsətɪv）	*adj.* 敏感的 【*be sensitive to* 對…敏感， 先背 sense（感覺）】

For the construct box:

con + struct
|　　　|
together + build

⁶ **accommodate**
〔 əˋkɑmə͵det 〕

v. 容納
【名詞是 accommodations
（住宿設備）】

⁷ **permit**
〔 pɚˋmɪt 〕

v. 允許

per	+	mit
through	+	*send*

⁸ **freeze**
〔 friz 〕

v. 結冰；冷凍
【三態變化為：
freeze-froze-frozen】

⁹ **trend**
〔 trɛnd 〕

n. 趨勢
【trend = tendency】

¹⁰ **dreadful**
〔 ˋdrɛdfəl 〕

adj. 可怕的
【dreadful = horrible
= frightful = awful】

11 liquor
（'lɪkə ）

n. 酒

> <u>liquor</u> （'lɪkə ）n. 酒
> <u>liquid</u> （'lɪkwɪd ）n. 液體

12 deserve
（ dɪ'zɝv ）

v. 應得

【You deserve it. 有
兩個意思：①這是你應得的。
②你活該。】

13 spare
（ spɛr ）

adj. 空閒的

【spare 當動詞時，作「騰出（時
間)」解】

14 invention
（ ɪn'vɛnʃən ）

n. 發明

【形容詞是 inventive（有發明才
能的)】

15 charm
（ tʃɑrm ）

v. 使著迷

【形容詞是 charming（迷人的)】

16 last
〔 læst 〕

adj. 最後的

【last = final = ultimate】

17 jungle
〔'dʒʌŋgl̩〕

n. 叢林

> jungle 〔'dʒʌŋgl̩〕 *n.* 叢林
> forest 〔'fɔrɪst〕 *n.* 森林
> rain forest *n.* 雨林

18 rumor
〔'rumɚ〕

n. 謠言

【「散佈謠言」是 spread a rumor】

19 phrase
〔 frez 〕

n. 片語

> phase 〔 fez 〕 *n.* 階段
> phrase 〔 frez 〕 *n.* 片語

20 bay
〔 be 〕

n. 海灣

【bay 通常比 gulf（海灣）小】

UNIT 36

1. The owner plans to <u>construct</u> a new store in the suburbs.

2. The governor hopes to <u>reform</u> the old scholarship program.

3. Cell phones <u>enable</u> us to stay in touch with others.

4. Nancy <u>hugged</u> her daughter when she dropped her off at school.

5. A decayed tooth is very <u>sensitive</u> to heat and cold.

6. The hotel can <u>accommodate</u> 1,200 people.

7. My father <u>permits</u> me to drive his car.

8. You can preserve vegetables by <u>freezing</u> them.

9. The <u>trend</u> of prices is still upward.

10. The <u>dreadful</u> war made us all feel insecure.

UNIT 36

¹ 這位老闆打算在郊區<u>建造</u>一間新的商店。

² 董事希望能<u>改革</u>從前的獎學金方案。

³ 手機<u>使</u>我們<u>能</u>和其他人保持聯絡。

⁴ 當南西在學校讓女兒下車時，和她<u>擁抱</u>。

⁵ 蛀牙對冷熱很<u>敏感</u>。

⁶ 這間旅館可以<u>容納</u>1,200 人。

⁷ 父親<u>允許</u>我開他的車。

⁸ 你可以把蔬菜冷凍起來保存。

⁹ 物價仍有上漲的<u>趨勢</u>。

¹⁰ <u>可怕的</u>戰爭使我們都感到不安。

11 The bartender recycled all the empty
   <u>liquor</u> bottles.

12 Your performance was so good that you
   <u>deserve</u> to win the first prize.

13 Glen spent most of his <u>spare</u> time reading
   books.

14 Thomas Edison is credited with the
   <u>invention</u> of the light bulb.

15 Her stories have <u>charmed</u> children all
   over the world.

16 The <u>last</u> game starts at seven o'clock.

17 It's not a good idea to venture into the
   <u>jungle</u> alone because you might get lost.

18 There is no truth to the <u>rumor</u> that Marty
   is getting married.

19 "The beautiful girl" is a <u>phrase</u>; it is not
   a sentence.

20 Several sailboats are moored in the <u>bay</u>.

¹¹ 這位酒保回收所有的空<u>酒</u>瓶。

¹² 你的表演太精采了，你<u>應該得到</u>第一名。

¹³ 葛倫把他大部分的<u>空閒</u>時間花在看書。

¹⁴ 電燈泡的<u>發明</u>要歸功於湯瑪斯‧愛迪生。

¹⁵ 她的小說<u>使</u>全世界的孩子都<u>著迷</u>。

¹⁶ <u>最後的</u>比賽七點開始。

¹⁷ 獨自去<u>叢林</u>裡冒險不是個好主意，因為你可能會迷路。

¹⁸ 瑪蒂要結婚的<u>謠言</u>不是真的。

¹⁹ "The beautiful girl" 是一個<u>片語</u>；不是個句子。

²⁰ 有好幾艘遊艇停泊在<u>海灣</u>。

UNIT 37

1 ban
〔bæn〕

v. 禁止

【此字當名詞時，作「禁令」解】

2 minimum
〔'mɪnəməm〕

adj. 最小的　n. 最小量

【相反詞是 maximum

〔'mæksəməm〕adj. 最大的

n. 最大量】

3 nowadays
〔'nɑʊəˌdez〕

adv. 現在

【相反詞是 formerly（以前）】

4 orbit
〔'ɔrbɪt〕

n. 軌道

【out of orbit 是指「脫離軌道」】

5 additional
〔ə'dɪʃənḷ〕

adj. 附加的

add	+	ition	+	al
加	+	n.	+	adj.

6 heaven
('hɛvən)

n. 天堂
【相反詞是 hell（地獄）】

7 poisonous
('pɔɪznəs)

adj. 有毒的
【名詞是 poison（毒藥）】

---

poisonous *adj.* 有毒的
poisoned *adj.* 下了毒的

---

8 overcome
(,ovɚ'kʌm)

v. 克服
【overcome = conquer】

9 situation
(,sɪtʃu'eʃən)

n. 情況
【situation = circumstances
= condition】

10 pure
(pjur)

adj. 純的
【動詞是 purify ('pjurə,faɪ) *v.*
淨化】

11 discourage
(dɪsˈkɜɪdʒ)

v. 使氣餒
【先背 courage（勇氣）】

12 remote
(rɪˈmot)

adj. 遙遠的；偏僻的
【remote control 則是
「遙控器」】

13 annual
(ˈænjʊəl)

adj. 一年一度的
【ann 是表 year 的字根】

14 strategy
(ˈstrætədʒɪ)

n. 策略
【形容詞是 strategic（戰
略上的），要注意發音，
唸作〔strəˈtidʒɪk〕】

15 contemporary
(kənˈtɛmpəˌrɛrɪ)

adj. 當代的

con	+ tempor	+ ary
together +	time	+ adj.

16 preserve
〔prɪˈzɝv〕

v. 保存

pre	+	serve
|		|
before	+	*keep*

17 appreciation
〔əˌpriʃɪˈeʃən〕

n. 欣賞；感激
【*express one's appreciation for*⋯ 為⋯表示感激】

18 volcano
〔vɑlˈkeno〕

n. 火山

【此字源自於羅馬神話中的司火與鍛冶之神 Vulcan】

19 sanction
〔ˈsæŋkʃən〕

n. 批准；認可；制裁
【sanct 是表 sacred（神聖的）的字根】

20 colony
〔ˈkɑlənɪ〕

n. 殖民地
【colony = settlement】

UNIT 37

1 Many governments <u>banned</u> British beef.

2 We need a <u>minimum</u> of three people to play this card game.

3 Air pollution is a big problem <u>nowadays</u>.

4 The satellite was launched into <u>orbit</u>.

5 The price includes an <u>additional</u> tax.

6 Many religious beliefs include the idea of a <u>heaven</u> and a hell.

7 The zoo was closed when a <u>poisonous</u> snake escaped.

8 Julie <u>overcame</u> her fear of heights and climbed to the top of the ladder.

9 Clara couldn't pay the bill, and she didn't know how to handle the <u>situation</u>.

10 The jewelry is made of <u>pure</u> gold.

UNIT 37

1 許多政府都禁止英國牛肉。

2 玩這個紙牌遊戲，我們最少需要三個人。

3 現在空氣污染是一個大問題。

4 這個人造衛星被發射進入軌道。

5 這個價格包含附加稅。

6 許多宗教信仰都包含天堂和地獄的想法。

7 當有一條毒蛇逃走時，動物園就關閉了。

8 朱莉克服了對高度的恐懼，並爬到梯子的最頂端。

9 克萊拉無法付帳，而她不知道要如何處理這個情況。

10 這些珠寶是純金打造的。

¹¹ Don't let the failure <u>discourage</u> you.

¹² We don't often see Darrell because he lives in a <u>remote</u> town.

¹³ The <u>annual</u> festival is held every May.

¹⁴ We won the contest by <u>strategy</u>.

¹⁵ My brother enjoys <u>contemporary</u> music and is not at all interested in classical music.

¹⁶ The dry desert air has <u>preserved</u> the mummy.

¹⁷ I wish to express my <u>appreciation</u> for your help.

¹⁸ Fearing that the <u>volcano</u> might erupt, the government ordered all the citizens of the town to evacuate.

¹⁹ One of the <u>sanctions</u> was a ban on international investment.

²⁰ Hong Kong was once a British <u>colony</u>.

11 不要讓失敗<u>使</u>你<u>氣餒</u>。

12 我們不常看到戴洛，因爲他住在<u>遙遠的</u>城鎮。

13 這個<u>一年一度的</u>慶典會在每年五月舉行。

14 我們運用<u>策略</u>贏得了這場比賽。

15 我的哥哥喜歡<u>當代</u>音樂，對古典音樂完全不感興趣。

16 沙漠乾燥的空氣使木乃伊得以<u>保存</u>。

17 我想對你的幫助表示<u>感激</u>。

18 擔心<u>火山</u>可能會爆發，政府下令這個城鎮所有的居民都要撤離。

19 其中一個<u>制裁</u>是禁止國際間的投資。

20 香港曾經是英國的<u>殖民地</u>。

UNIT 38

1 shortcut
('ʃɔrt,kʌt)

n. 捷徑
【shortcut = short + cut (切)】

2 eliminate
(ɪ'lɪmə,net)

v. 除去

e	+ limin +	ate
|	|	|
out	+ *limit* +	*v.*

3 identical
(aɪ'dɛntɪkḷ)

adj. 完全相同的
【ident 是表 the same 的字根】

4 candidate
('kændə,det)

n. 候選人
【a presidential candidate 是指
「總統候選人」】

5 greasy
('grisɪ)

adj. 油膩的
【名詞是 grease (gris) n. 油脂】

6 furthermore
('fɝðɚ‚mor)

adv. 此外
【furthermore = moreover
= besides = in addition 】

7 liver
('lɪvɚ)

n. 肝臟
【liver = live (活) + r,「肝
若不好,人生是黑白的」,
所以肝臟能讓人活下去】

8 chore
(tʃor)

n. 雜事
【household chores 則是指
「家事」】

9 resolve
(rɪ'zɑlv)

v. 決心;決定
【名詞是 resolution
(‚rɛzə'luʃən) n. 決心】

10 typical
('tɪpɪkl̩)

adj. 典型的
【先背 type (taɪp) n. 類型】

11 faint
〔fent〕

adj. 微弱的　*v.* 昏倒
【相反詞是 come to（甦醒）】

12 budget
〔'bʌdʒɪt〕

n. 預算
【「編列預算」則是 make a budget】

13 undertake
〔ˌʌndɚ'tek〕

v. 承擔
【undertake = under + take】

14 expand
〔ɪk'spænd〕

v. 擴大

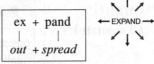

15 theory
〔'θiərɪ〕

n. 理論
【形容詞是 theoretical
〔ˌθiə'rɛtɪkl̩〕*adj.* 理論上的】

16 melt
〔 mɛlt 〕

v. 融化
【melt 是指固體因加熱變成液體，而 dissolve（溶解）是指固體溶解於液體中】

17 inadequate
〔 ɪn'ædəkwɪt 〕

adj. 不足的
【先背 adequate（足夠的）】

18 decade
〔'dɛked 〕

n. 十年
【deca- 是表「十」的字首】

19 quantity
〔'kwɑntətɪ 〕

n. 數量

quantity〔'kwɑntətɪ 〕 *n.* 數量
quality〔'kwɑlətɪ 〕 *n.* 品質

20 pace
〔 pes 〕

n. 步調
【表「以…步調」，介系詞用 at】

UNIT 38

1. Elm Road is a handy <u>shortcut</u> to the mall.

2. In order to lose weight, Ricky <u>eliminated</u> all sweets from his diet.

3. They look <u>identical</u> because they are twins.

4. The voters found it difficult to choose between the two <u>candidates</u>.

5. Betty felt ill after eating too many <u>greasy</u> French fries.

6. Ted is talented. <u>Furthermore</u>, he is reliable.

7. Too much alcohol may damage your <u>liver</u>.

8. Taking out the trash is one of my <u>chores</u>.

9. Greg <u>resolved</u> to speak to his boss about a promotion.

10. This is a <u>typical</u> example of a Victorian style house.

UNIT 38

¹ 榆樹路是一條去購物中心很方便的<u>捷徑</u>。

² 爲了減重，瑞奇<u>除去</u>飲食中所有的甜食。

³ 他們看起來<u>完全一樣</u>，因爲他們是雙胞胎。

⁴ 選民覺得要在這兩名<u>候選人</u>之間做出選擇
是很困難的。

⁵ 吃了太多<u>油膩的</u>薯條後，貝蒂覺得很不舒服。

⁶ 泰德很有才能。<u>此外</u>，他也很可靠。

⁷ 喝太多酒可能會傷<u>肝</u>。

⁸ 倒垃圾是我的<u>家事</u>之一。

⁹ 葛列格<u>決定</u>要跟老闆談升遷的事。

¹⁰ 這是一個維多利亞風格的房子<u>典型</u>的範例。

11 She <u>fainted</u> at the sight of the blood.

12 The expensive car is not in my <u>budget</u>.

13 Having <u>undertaken</u> three new projects, Matt is up to his ears in work.

14 He is trying to <u>expand</u> his business.

15 I have a <u>theory</u> about the strange lights in the sky.

16 Spring is coming and the ice on the lake is beginning to <u>melt</u>.

17 The man was not hired because his experience was <u>inadequate</u>.

18 The fifties were a <u>decade</u> of prosperity.

19 The product is cheaper if you order it in large <u>quantities</u>.

20 Becky walks at such a fast <u>pace</u> that I can't keep up with her.

¹¹ 她一看到血就<u>昏</u>倒了。

¹² 這台昂貴的車不在我的<u>預算</u>之內。

¹³ 麥特<u>接下</u>了三個企劃,所以忙得不可開交。

¹⁴ 他在設法<u>擴大</u>他的事業。

¹⁵ 關於天空中奇怪的光芒,我有一個<u>理論</u>。

¹⁶ 春天要來了,而且湖上的冰開始<u>融化</u>了。

¹⁷ 這位男士沒有被雇用,因為他的經驗<u>不足</u>。

¹⁸ 五〇年代是繁榮的<u>十年</u>。

¹⁹ 如果你大<u>量</u>訂購這個產品,會比較便宜。

²⁰ 貝姬以非常快的<u>步調</u>走著,以致於我無法趕上她。

UNIT 39

¹ **summit**
 (ˈsʌmɪt)

n. 頂點;顛峰
【此字還當「高峰會議」解】

² **crawl**
 (krɔl)

v. 爬
【crawl = creep】

³ **bow**
 (baʊ)

v. 鞠躬
【bow 如作「弓」、「蝴蝶結」解時,則唸成 (bo)】

⁴ **wit**
 (wɪt)

n. 機智
【形容詞是 witty (機智的)】

⁵ **motivate**
 (ˈmotəˌvet)

v. 激勵

motiv(e)	+	ate
動機	+	v.

6 violation
(ˌvaɪə'leʃən)

n. 違反

> violation (ˌvaɪə'leʃən) n. 違反
> violence ('vaɪələns) n. 暴力

7 erect
(ɪ'rɛkt)

v. 豎立

> e + rect
> |　　|
> up + straight

8 bloom
(blum)

v. n. 開花

【*in full bloom* 盛開】

9 fierce
(fɪrs)

adj. 兇猛的;強烈的

【此字和 force (力量) 有點像】

10 weave
(wiv)

v. 編織

【三態變化為: weave-
wove/weaved-woven】

¹¹ **harbor**
(ˈhɑrbɚ)

n. 港口

【harbor = port】

¹² **recall**
(rɪˈkɔl)

v. 想起

re	+	call
back	+	叫

（把記憶叫回來）

¹³ **disabled**
(dɪsˈebl̩d)

adj. 殘障的

【disabled = handicapped】

¹⁴ **cultural**
(ˈkʌltʃərəl)

adj. 文化的

【cultural exchange 是指「文化交流」】

¹⁵ **sponsor**
(ˈspɑnsɚ)

n. 贊助者

【此字也可當動詞，作「贊助」解】

16 author
(ˈɔθɚ)

n. 作者
【author = writer】

17 neat
(nit)

adj. 整潔的
【neat = tidy = orderly】

18 marble
(ˈmɑrbḷ)

n. 大理石
【a heart of marble 是用來比喻
「鐵石心腸」】

19 sympathy
(ˈsɪmpəθɪ)

n. 同情

sym + pathy
| |
same + *feeling*

20 prohibit
(proˈhɪbɪt)

v. 禁止

pro + hibit
| |
away + *hold*

UNIT 39

1. After a long, hard climb the mountaineers reached the <u>summit</u>.

2. I found ants <u>crawling</u> all over the counter in the kitchen.

3. The student <u>bowed</u> to his teacher.

4. The actor's great <u>wit</u> made us laugh.

5. In order to <u>motivate</u> him, Dan's parents promised him a new bike.

6. Turning left here is a <u>violation</u> of the traffic regulations. You could get a ticket.

7. He <u>erected</u> a television antenna on the balcony.

8. The roses are now in full <u>bloom</u>.

9. The house is guarded by a <u>fierce</u> dog.

10. The artisan <u>weaves</u> her own cloth.

UNIT 39

1 經過長時間又辛苦的攀爬後，登山者到達了<u>山頂</u>。

2 我發現廚房的餐檯<u>爬</u>滿了螞蟻。

3 那位學生向他的老師<u>鞠躬</u>。

4 這位演員的高度<u>機智</u>使得我們發笑。

5 為了<u>激勵</u>丹，他的父母答應給他一輛新的腳踏車。

6 在這裡左轉是<u>違反</u>交通規則的。你可能會收到罰單。

7 他在陽台上<u>豎</u>起一架電視天線。

8 現在玫瑰花正在盛<u>開</u>。

9 這棟房子有<u>兇猛</u>的狗看守著。

10 這位手藝工<u>編織</u>她自己的衣服。

¹¹ Kaohsiung has a <u>harbor</u> and wide roads, so transportation is good.

¹² I know his face, but I can't <u>recall</u> his name.

¹³ This is a special school for the physically <u>disabled</u>.

¹⁴ In ancient Greece, Athens was considered to be the <u>cultural</u> capital of the world.

¹⁵ As the <u>sponsor</u> of this event, XYZ company has paid for all of the equipment.

¹⁶ The <u>author</u> of the book said it took him nearly three years to write it.

¹⁷ Tanya always keeps her room <u>neat</u> so that she can find things easily.

¹⁸ The floor is made of <u>marble</u>, so it is very slippery when wet.

¹⁹ We expressed our <u>sympathy</u> to the widow.

²⁰ They believe that nuclear weapons should be totally <u>prohibited</u>.

11 高雄有<u>港口</u>和寬闊的道路,所以交通運輸系統很完善。

12 我<u>認得</u>他的臉,但想<u>不起</u>他的名字。

13 這是一所給身體<u>殘障</u>者就讀的特殊學校。

14 在古希臘,雅典被視為世界的<u>文化</u>首都。

15 身為這個大型活動的<u>贊助者</u>,XYZ 公司已經支付了所有設備的錢。

16 這本書的<u>作者</u>說,他花了將近三年的時間寫完它。

17 坦雅總是保持房間<u>整潔</u>,所以她可以輕鬆找到東西。

18 這個地板是<u>大理石</u>做的,所以地板濕的時候會很滑。

19 我們向這位寡婦表示<u>同情</u>。

20 他們認為核子武器應該全面<u>禁止</u>。

UNIT 40

¹ **insult**
('ɪnsʌlt)

n. 侮辱
【insult 當動詞時，唸作
(ɪn'sʌlt)】

² **conservative**
(kən'sɝvətɪv)

adj. 保守的
【動詞是 conserve
(kən'sɝv) *v.* 保存；保護】

³ **relatively**
('rɛlətɪvlɪ)

adv. 相對地
【先背 relate (rɪ'let) *v.* 使有
關聯】

⁴ **emergency**
(ɪ'mɝdʒənsɪ)

n. 緊急情況

| emerge *v.* 出現 |
| emergency *n.* 緊急情況 |

⁵ **hurricane**
('hɝɪˌken)

n. 颶風
【「龍捲風」是 tornado】

6 secondary
〔'sɛkən͵dɛrɪ〕

adj. 第二的；次要的

【secondary = minor】

7 absence
〔'æbsn̩s〕

n. 缺席

【相反詞是 presence〔'prɛzn̩s〕

n. 出席】

8 peculiar
〔pɪ'kjuljə〕

adj. 獨特的

【peculiar = unique】

9 fulfill
〔fʊl'fɪl〕

v. 履行；實現

【也可寫成 fulfil】

```
  ful + fill
   |     |
 full + 填滿
```

10 triumph
〔'traɪəmf〕

n. 勝利

【triumphant〔traɪ'ʌmfənt〕

adj. 勝利的；得意洋洋的】

11 duration
〔 djʊˋreʃən 〕

n. 期間

<u>dur</u>ation *n.* 期間
<u>dur</u>ing *prep.* 在…期間

12 lengthen
〔 ˋlɛŋθən 〕

v. 延長
【先背 length (長度)】

13 destination
〔 ͵dɛstəˋneʃən 〕

n. 目的地
【表示「抵達目的地」，可用
reach *one's* destination 或
arrive at *one's* destination 】

14 sorrow
〔 ˋsaro 〕

n. 悲傷
【形容詞是 sorrowful (悲傷
的)】

15 issue
〔 ˋɪʃjʊ 〕

n. 議題
【此字當動詞時，作「發行」解】

16 celebration
(ˌsɛləˈbreʃən)

n. 慶祝活動

celebr	+ at(e)	+ ion
|	|	|
populous	+ *v.*	+ *n.*

17 launch
(lɔntʃ)

v. 發射

【此字源自於 lance（長矛）】

18 romantic
(roˈmæntɪk)

adj. 浪漫的

【名詞是 romance（羅曼史；愛情故事）】

19 petal
(ˈpɛtḷ)

n. 花瓣

【不要和 pedal（踏板）搞混】

20 battery
(ˈbætərɪ)

n. 電池

batter (ˈbætɚ) v. 重擊
battery (ˈbætərɪ) n. 電池

UNIT 40

¹ Maria could not forgive Greg's <u>insult</u>.

² Chinese parents are <u>conservative</u> and don't like to talk to their kids about sex.

³ Sports are <u>relatively</u> unimportant when compared with studying.

⁴ Please remain calm in an <u>emergency</u>.

⁵ <u>Hurricanes</u> damage property every year.

⁶ This thing is <u>secondary</u> to that.

⁷ Ms. Lin marks the <u>absence</u> of students.

⁸ John has a <u>peculiar</u> way of speaking because he is not from around here.

⁹ If he's lazy, he'll never <u>fulfill</u> his ambition to be a doctor.

¹⁰ The baseball team is celebrating its <u>triumph</u> with a big party tonight.

UNIT 40

1 瑪麗亞不能原諒葛列格的<u>侮辱</u>。

2 中國父母都很<u>保守</u>，不喜歡和自己的孩子
談論兩性關係。

3 運動和唸書比起來，<u>相對</u>比較不重要。

4 在<u>緊急情況</u>下請保持冷靜。

5 <u>颱風</u>每年都會損害財產。

6 這件事較那件事<u>次要</u>。

7 林老師會記錄學生的<u>缺席</u>。

8 約翰有一種<u>獨特的</u>說話方式，因為他不是
這附近的人。

9 如果他怠惰的話，就永遠無法<u>實現</u>要當醫
生的抱負了。

10 這支棒球隊今晚要舉辦大型派對，來慶祝
他們的<u>勝利</u>。

11 Please turn off your cell phones for the <u>duration</u> of the flight.

12 Her stay <u>lengthened</u> to four weeks.

13 Can you tell me what the final <u>destination</u> of this train is?

14 To our great <u>sorrow</u>, old Mr. Wang passed away last night.

15 Unemployment is an important <u>issue</u>.

16 We had a big <u>celebration</u> after we graduated.

17 The rocket will be <u>launched</u> on Friday.

18 Ellen and Dave enjoyed a <u>romantic</u> dinner on Valentine's Day.

19 It is time to replace these flowers because the <u>petals</u> are starting to wither.

20 The MP3 player will not work because the <u>battery</u> is dead; we will have to recharge it.

11 請在飛行<u>期間</u>關掉手機。

12 她的停留時間<u>延長</u>到四週。

13 你可以告訴我這班火車最後的<u>目的地</u>是
哪裡嗎？

14 令我們非常<u>悲傷</u>的是，王老先生昨晚過
世了。

15 失業是一個重要的<u>議題</u>。

16 畢業後，我們辦一個大型的<u>慶祝活動</u>。

17 火箭會在禮拜<u>五發射</u>。

18 艾倫和戴夫在情人節享用了一頓<u>浪漫</u>的
晚餐。

19 該換掉這些花了，因爲花<u>瓣</u>開始凋謝了。

20 這台 MP3 不會<u>運轉</u>，因爲<u>電池</u>沒電了；
我們必須給電池再<u>充電</u>。

UNIT 41

Unit 41～45

¹ **moderate**
('mɑdərɪt)

adj. 適度的
【moderate = modest】

² **nutrition**
(nju'trɪʃən)

n. 營養
【形容詞是 nutritious (有營養的)】

³ **orchestra**
('ɔrkɪstrə)

n. 管弦樂團
【symphony orchestra
是「交響樂團」】

⁴ **administration**
(əd,mɪnə'streʃən)

n. 管理；行政部門
【動詞是 administer (管理)】

⁵ **hesitate**
('hɛzə,tet)

v. 猶豫

hesit + ate
| |
stick + *v.*

6 postpone
〔 post'pon 〕

v. 延期
【postpone = put off】

```
post + pone
  |      |
after + put
```

7 overlook
〔,ovə'luk 〕

v. 忽視
【overlook = ignore = neglect】

8 sketch
〔 skɛtʃ 〕

n. 素描
【*make a sketch of* 畫…的素描】

9 disorder
〔 dɪs'ɔrdə 〕

n. 混亂

```
dis + order
 |      |
not + 秩序
```

10 repetition
〔,rɛpɪ'tɪʃən 〕

n. 重複
【動詞是 repeat〔 rɪ'pit 〕v. 重複】

11 anyhow
('ɛnɪ,haʊ)

adv. 無論如何

【anyhow = anyway】

12 sting
(stɪŋ)

v. 刺；螫

---

sting (stɪŋ) *v.* 刺；螫
stingy ('stɪndʒɪ) *adj.* 小氣的

---

13 convenience
(kən'vinjəns)

n. 方便

【「便利商店」就是
convenience store】

14 pressure
('prɛʃə)

n. 壓力

【先背 press (prɛs) *v.* 壓】

15 appropriate
(ə'proprɪɪt)

adj. 適當的；適合的

---

ap + propri + ate
 | | |
to + *proper* + *adj.*

---

¹⁶ **saying**
（ˈse·ɪŋ）

n. 諺語

【saying = proverb，而
idiom（ˈɪdɪəm）是「成語」】

¹⁷ **commission**
（kəˈmɪʃən）

n. 佣金

【動詞是 commit（委託），
委託別人做事，要付佣金】

¹⁸ **signal**
（ˈsɪgnḷ）

n. 信號

【signal = sign（saɪn）】

¹⁹ **earnest**
（ˈɝnɪst）

adj. 認眞的

【earnest = serious】

²⁰ **identify**
（aɪˈdɛntəˌfaɪ）

v. 辨認；指認

ident	+ ify
the same	+ v.

UNIT 41

1 My father eats a <u>moderate</u> amount of meat, not too much and not too little.

2 Proper <u>nutrition</u> will keep you healthy.

3 The dancers were accompanied by a full <u>orchestra</u>.

4 According to the school <u>administration</u>, tomorrow is not a holiday.

5 If you <u>hesitate</u>, you may miss the chance.

6 We will <u>postpone</u> the meeting until next week.

7 The study must have been <u>overlooked</u>, because no one mentioned it.

8 I made a <u>sketch</u> before beginning to paint.

9 After the party, the house was in <u>disorder</u>.

10 We asked for a <u>repetition</u> of the card trick.

UNIT 41

1 我爸爸會吃<u>適量</u>的肉,不會太多也不會太少。

2 適當的<u>營養</u>能讓你保持健康。

3 舞者們有完整的<u>管弦樂團</u>為他們伴奏。

4 根據學校<u>行政部門</u>的說法,明天不是假日。

5 如果你<u>猶豫</u>的話,可能會錯失良機。

6 我們要把會議<u>延</u>到下禮拜。

7 這個研究一定是被<u>忽略</u>了,因為沒有人提起。

8 我在開始畫圖之前,先畫了一個<u>素描</u>。

9 派對結束後,房子很<u>凌亂</u>。

10 我們要求<u>再表演一次</u>紙牌魔術。

[11] <u>Anyhow</u>, let's try again.

[12] Don't bother that bee or it may <u>sting</u> you.

[13] Many stores have a delivery service for the <u>convenience</u> of customers.

[14] Gloria dropped out of school because of the <u>pressure</u>.

[15] Your clothes are not <u>appropriate</u> for a formal dinner.

[16] The old <u>saying</u> goes, "Waste not, want not."

[17] The real estate agents' <u>commission</u> is 15% of the selling price.

[18] He gave me a <u>signal</u> to turn right.

[19] Most mothers are very <u>earnest</u> about their children's education.

[20] Police asked the woman to <u>identify</u> the man who stole her purse.

¹¹ <u>無論如何</u>，我們還是再試一次吧。

¹² 不要打擾蜜蜂，否則牠會<u>螫</u>你。

¹³ 為了顧客的<u>方便</u>，很多商店都有送貨服務。

¹⁴ 葛洛麗雅因為<u>壓力</u>而退學。

¹⁵ 你的衣服不<u>適合</u>去參加正式的晚宴。

¹⁶ 古老的<u>諺語</u>說：「不浪費，不會窮。」

¹⁷ 不動產經紀人的<u>佣金</u>是賣價的百分之十五。

¹⁸ 他向我打右轉的<u>信號</u>。

¹⁹ 大部分的媽媽都很<u>重視</u>孩子的教育。

²⁰ 警察請這位女士<u>指認</u>偷她錢包的人。

UNIT 42

¹ **capture**
〔ˈkæptʃɚ〕

v. 捕捉
【相反詞是 release（釋放）】

² **gradually**
〔ˈɡrædʒʊəlɪ〕

adv. 逐漸地
【gradually = step by step
= little by little】

³ **fund**
〔fʌnd〕

n. 基金；資金
【*raise a fund* 籌募資金】

⁴ **lung**
〔lʌŋ〕

n. 肺
【lung cancer 則是「肺癌」】

⁵ **circumstance**
〔ˈsɝkəmˌstæns〕

n. 情況

circum	+ stan	+ ce
|	|	|
around	+ *stand*	+ *n.*

6 revenge
〔rɪ'vɛndʒ〕

n. 報復
【revenge = vengeance】

7 twist
〔twɪst〕

v. 扭曲
【twi- 是表 two 的字首，
往兩個不同的方向扭轉】

8 fade
〔fed〕

v. 褪色

---
fad〔fæd〕n. 一時的流行
fade〔fed〕v. 褪色
---

9 bury
〔'bɛrɪ〕

v. 埋葬
【名詞是 burial〔'bɛrɪəl〕n.
埋葬】

10 underground
〔'ʌndə'graʊnd〕

adj. 地下的
【此字也可當名詞用，作
「地下道」解，在英國則
是指「地下鐵」】

11 expense
〔 ɪk'spɛns 〕

n. 費用
【形容詞是 expensive（昂貴的）】

12 timber
〔 'tɪmbɚ 〕

n. 木材
【timber = lumber，timber 是英式用法，lumber 是美式用法】

13 medal
〔 'mɛdḷ 〕

n. 獎牌

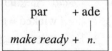

【不要和 metal（金屬）搞混】

14 include
〔 ɪn'klud 〕

v. 包括
【相反詞是 exclude〔 ɪk'sklud 〕v. 排除】

15 parade
〔 pə'red 〕

n. 遊行

par	+	ade
make ready	+	n.

16 gang
〔gæŋ〕

n. 幫派；一群

> gang〔gæŋ〕n. 幫派；一群
> gangster〔'gæŋstɚ〕n. 歹徒

17 superior
〔sə'pɪrɪɚ〕

adj. 較優秀的

【*be superior to* 比…優秀；
相反詞是 inferior（較差的）】

18 crash
〔kræʃ〕

n. 墜毀

【*air crash* 空難】

19 border
〔'bɔrdɚ〕

n. 邊界

【border = b + order（秩序）】

20 wicked
〔'wɪkɪd〕

adj. 邪惡的

【wicked = evil；wicked 源自於
Wicca（巫術崇拜；巫術迷信）】

UNIT 42

1 They went hunting and <u>captured</u> a fox.

2 By practicing every day, Tim <u>gradually</u>
   improved his skills.

3 We will raise <u>funds</u> by asking for donations.

4 Smoking causes air pollution and harms
   our <u>lungs</u>.

5 Under what <u>circumstances</u> would you agree
   to do the job?

6 After his sister smashed his CD player,
   Alex broke her radio in <u>revenge</u>.

7 Her face was <u>twisted</u> with pain.

8 This pair of jeans <u>faded</u> after being washed.

9 After Mr. Brown's funeral, his family
   <u>buried</u> him in his hometown.

10 The <u>underground</u> parking garage was
   flooded during the typhoon.

UNIT 42

1 他們去打獵，結果抓到一隻狐狸。

2 藉由每天的練習，提姆漸漸使自己的技巧進步。

3 我們會藉由請人捐款的方式來籌募資金。

4 抽煙會造成空氣污染，並傷害我們的肺。

5 在什麼情況下，你會同意做這份工作？

6 艾力克斯的姐姐砸毀了他的 CD 隨身聽，他爲了報復就弄壞她的收音機。

7 她的臉因痛苦而扭曲。

8 這件牛仔褲洗後就褪色了。

9 在舉行完伯朗先生的葬禮後，他的家人把他葬在故鄉。

10 這個地下車庫在颱風期間淹水了。

¹¹ He paid all the school <u>expenses</u> by himself.

¹² Workers unloaded the <u>timber</u> at the building site.

¹³ The swimmer won a gold <u>medal</u> in the Olympics.

¹⁴ The price <u>includes</u> the service charge.

¹⁵ The townspeople celebrate the festival with a <u>parade</u>.

¹⁶ Police believe that the robbery was carried out by a well-known <u>gang</u> of criminals.

¹⁷ You are <u>superior</u> to me in this subject.

¹⁸ The air <u>crash</u> was caused by bad weather at the airport.

¹⁹ The southern <u>border</u> of the ranch is formed by a river.

²⁰ The <u>wicked</u> witch turned the prince into an ugly frog.

¹¹ 他自己付了所有的學<u>費</u>。

¹² 工人在建築用地卸下<u>木柴</u>。

¹³ 這位游泳者在奧運中贏得一面金<u>牌</u>。

¹⁴ 這個價格<u>包括</u>服務費。

¹⁵ 鎮民以<u>遊行</u>的方式慶祝這個節日。

¹⁶ 警察認為這起搶案是由眾所周知的一群
罪犯所執行的。

¹⁷ 這個科目你比我<u>優秀</u>。

¹⁸ 這場空難是由機場惡劣的天氣造成的。

¹⁹ 這座牧場南方的<u>邊界</u>是由一條河所構
成的。

²⁰ <u>邪惡的</u>巫婆把王子變成一隻醜陋的青蛙。

UNIT 43

1 **multiple**
〔ˈmʌltəpḷ〕

adj. 多重的

multi + ple
｜ 　　 ｜
many + fold

2 **valuable**
〔ˈvæljʊəbḷ〕

adj. 有價值的；珍貴的
【相反詞是 valueless（沒
　　價值的）】

3 **environmental**
〔ɪnˌvaɪrənˈmɛntḷ〕

adj. 環境的
【「環保」是 environmental
　　protection】

4 **bend**
〔bɛnd〕

v. 彎曲

【形容詞是 bent（彎曲的）】

5 **fluent**
〔ˈfluənt〕

adj. 流利的
【flu 是表 flow 的字根】

6 weep
〔 wip 〕

v. 哭泣

【三態變化為：weep-wept-wept】

7 harmony
〔 'harmənɪ 〕

n. 和諧

【形容詞是 harmonious
〔 har'monɪəs 〕 adj. 和諧的】

8 rebel
〔 rɪ'bɛl 〕

v. 反叛

【此字也可當名詞用，作「叛徒」
解，唸成〔 'rɛbḷ 〕】

9 devise
〔 dɪ'vaɪz 〕

v. 設計；發明

【名詞是 device〔 dɪ'vaɪs 〕 n.
裝置】

10 cycle
〔 'saɪkḷ 〕

n. 循環

<u>cycle</u>〔 'saɪkḷ 〕 n. 循環
re<u>cycle</u>〔 ri'saɪkḷ 〕 v. 回收
---

11 spoil
(spɔɪl)

v. 破壞
【spoil = ruin = mess up】

12 astonish
(ə'stɑnɪʃ)

v. 使驚訝
【astonish = surprise】

13 needy
('nidɪ)

adj. 貧困的
【the needy 是指「貧困者」】

14 margin
('mɑrdʒɪn)

n. 頁邊的空白;(得票的)
票差
【by a narrow margin 用來表
示「差一點就…」】

15 suspicious
(sə'spɪʃəs)

adj. 懷疑的

su(b)	+	spic	+	ious
under	+	see	+	adj.

16 property
('prɑpətɪ)

n. 財產
【property = assets】

17 insurance
(ɪn'ʃurəns)

n. 保險
【動詞是 insure（為…投保）】

18 connection
(kə'nɛkʃən)

n. 關聯
【動詞是 connect（連接）】

19 reflect
(rɪ'flɛkt)

v. 反射；反映

re + flect
| |
back + bend

20 empire
('ɛmpaɪr)

n. 帝國
【「皇帝」則是 emperor
('ɛmpərə) ，而「皇后」是
empress ('ɛmprɪs)】

UNIT 43

¹ There are <u>multiple</u> benefits to a university education.

² Gold is a <u>valuable</u> metal.

³ Joel is an <u>environmental</u> activist who works for better anti-pollution laws.

⁴ Glen can't <u>bend</u> his knee without pain.

⁵ After ten years in Japan, Carl is a <u>fluent</u> Japanese speaker.

⁶ Claire <u>wept</u> after the accident.

⁷ Becky often fought with her sisters, but she lives in <u>harmony</u> with her roommates.

⁸ After years of oppression, the people finally <u>rebelled</u> against the dictator.

⁹ He <u>devised</u> a new way of learning English.

¹⁰ Spring follows winter in the <u>cycle</u> of the seasons.

UNIT 43

¹ 大學教育有很多<u>種</u>好處。

² 黃金是<u>珍貴的</u>金屬。

³ 約耳是一位<u>環境</u>活動家,他爲了有更好的反污染法而努力。

⁴ 葛倫每次<u>彎曲</u>膝蓋都會痛。

⁵ 在日本待了十年之後,卡爾的日文就說得很<u>流利</u>。

⁶ 發生這場意外後,克萊兒<u>哭</u>了。

⁷ 雖然貝姬常和自己的姊妹打架,但是她卻能和室友生活<u>融洽</u>。

⁸ 經過幾年的壓迫,人們最後<u>反叛</u>了獨裁者。

⁹ 他<u>發明</u>了一種新的學英文的方法。

¹⁰ 在季節<u>循環</u>中,春天接著冬天而來。

11 The bad weather <u>spoiled</u> our plans to go hiking today.

12 We were <u>astonished</u> when we came home and found the door open.

13 We collect old clothes to give to <u>needy</u> families.

14 The teacher wrote some comments in the <u>margin</u> of my paper.

15 I am <u>suspicious</u> of that customer; I believe he may be a shoplifter.

16 They lost a lot of money and they are considering selling their <u>property</u>.

17 Our house burned down, but luckily we had fire <u>insurance</u>.

18 Scientists have confirmed the <u>connection</u> between smoking and cancer.

19 Her image was <u>reflected</u> in the mirror.

20 The British <u>Empire</u> was still an important world power in the nineteenth century.

11 壞天氣破壞了我們今天要去遠足的計畫。

12 當我們回家時發現門是開著的,感到很驚訝。

13 我們收集舊衣要送給貧困的家庭。

14 老師在我的報告的頁邊空白處寫了一些評語。

15 我懷疑那位顧客;我認為他可能是個會順手牽羊的人。

16 他們虧損很多錢,所以他們在考慮要賣掉財產。

17 我們的房子燒毀了,但幸好我們有保火險。

18 科學家已經證實了抽煙和癌症的關聯。

19 她的身影映在鏡子上。

20 在十九世紀,大英帝國仍然是重要的世界強國。

UNIT 44

1 household
('haʊs,hold)

adj. 家庭的

【household = house (房子) + hold (擁有)】

2 seal
(sil)

v. 封住

【seal 當名詞時，作「印章」解】

3 absolute
('æbsə,lut)

adj. 絕對的；完全的

ab	+	solute
away	+	*loosen*

4 payment
('pemənt)

n. 支付；支付金額

【*make a payment* 支付】

5 forever
(fə'ɛvɚ)

adv. 永遠

【forever = eternally】

6 tone
(ton)

n. 語調
【speak in a(n)~tone 則用來
表示「以~的語調說話」】

7 drift
(drɪft)

v. 漂流
【drift 源自於 drive】

8 legend
('lɛdʒənd)

n. 傳說
【形容詞是 legendary（傳說
的；傳奇性的）】

9 dependent
(dɪ'pɛndənt)

adj. 依賴的
【*be dependent on* 依賴】

10 somehow
('sʌm,haʊ)

adv. 不知道為什麼；
以某種方式；設法
【somehow = some（某種）+
how（用什麼方法）】

11 introduction
(ˌɪntrə'dʌkʃən)

n. 介紹

【動詞是 introduce
(ˌɪntrə'djus) v. 介紹】

```
intro + duct + ion
  |       |      |
inside + lead +  n.
```

12 chat
(tʃæt)

v. 聊天

【「聊天室」即 chat room】

13 lead
(lid)

v. 帶領

【三態變化為：lead-led-led】

14 plot
(plɑt)

n. 情節

【plot = story line】

15 background
('bæk͵graʊnd)

n. 背景

【「(電影、戲劇、餐廳等的)
背景音樂；配樂」則是
background music】

16 modesty
('madəstɪ)

n. 謙虛
【相反詞是 arrogance
('ærəgəns) n. 傲慢；自大】

17 alternative
(ɔl'tɜnətɪv)

n. 可選擇的事物
【alter 是表 other 的字根】

18 hidden
('hɪdn̩)

adj. 隱藏的
【動詞是 hide (haɪd) v. 隱藏】

19 portion
('porʃən)

n. 部分

```
port + ion
  |      |
part  +  n.
```

20 overthrow
(,ovə'θro)

v. 推翻
【overthrow = over + throw
(丟)】

UNIT 44

1. Jack helps with the <u>household</u> chores.

2. The letter was <u>sealed</u> with wax.

3. The boy has <u>absolute</u> trust in his brother.

4. <u>Payment</u> may be made in cash or with a credit card.

5. No one can live <u>forever</u>.

6. Jim's <u>tone</u> of voice implied he was angry.

7. The fisherman took down his sail and <u>drifted</u> with the current.

8. According to the local <u>legend</u>, a hero defeated the monster.

9. He is still <u>dependent</u> on his parents since he is under 18.

10. The buses are not running today, but Jill still got to the office <u>somehow</u>.

UNIT 44

¹ 傑克幫忙做家事。

² 這封信用蠟封住了。

³ 這位男孩完全信任自己的哥哥。

⁴ 可用現金或信用卡支付。

⁵ 沒有人能夠永生。

⁶ 吉姆聲音的語調透露出他在生氣。

⁷ 漁夫把帆收起來，然後順著水流漂流。

⁸ 根據當地的傳說，有位英雄擊敗了怪物。

⁹ 因為他還未滿十八歲，他仍靠父母扶養。

¹⁰ 公車今天沒有營運，但姬兒還是設法到了公司。

¹¹ Martha made <u>introductions</u> among her guests.

¹² Linda <u>chats</u> with her friends after class.

¹³ The teacher <u>leads</u> students to the playground.

¹⁴ The <u>plot</u> of the book is very interesting.

¹⁵ You can see the Taj Mahal in the <u>background</u> of this picture.

¹⁶ Anna displayed great <u>modesty</u> when she won the first prize.

¹⁷ You have two <u>alternatives</u> — going to university or working.

¹⁸ My mother keeps her jewelry <u>hidden</u>.

¹⁹ Bill took the largest <u>portion</u> of the cake.

²⁰ It is no surprise that there is a movement to <u>overthrow</u> the corrupt leader.

¹¹ 瑪莎在她的客人之中做<u>介紹</u>。

¹² 下課後，琳達和她的朋友<u>聊天</u>。

¹³ 老師<u>帶領</u>學生到操場去。

¹⁴ 這本書的<u>情節</u>非常有趣。

¹⁵ 你可以看到照片的<u>背景</u>是泰姬瑪哈陵。

¹⁶ 安娜贏得第一名時，她表現得很<u>謙虛</u>。

¹⁷ 你有兩個<u>選擇</u>——上大學或工作。

¹⁸ 我媽媽把珠寶<u>藏起來</u>。

¹⁹ 比爾拿了最大<u>份</u>的蛋糕。

²⁰ 會有<u>推翻</u>腐敗領導者的運動，一點都
不令人驚訝。

UNIT 45

¹ **slave**
〔slev〕

n. 奴隸
【slave + ry = slavery〔'slevərɪ〕
n. 奴隸制度】

² **dispute**
〔dɪ'spjut〕

v. 爭論
【dispute = argue】

```
dis  +  pute
 |        |
apart  + think
```

³ **replace**
〔rɪ'ples〕

v. 取代
【replace = take the place of】

⁴ **applause**
〔ə'plɔz〕

n. 鼓掌
【動詞是 applaud（鼓掌）】

⁵ **stem**
〔stɛm〕

n. 莖　*v.* 起源於
【stem cell（幹細胞），stem from
（起源於）】

6 **conventional**
(kən'vɛnʃənḷ)

adj. 傳統的

con	+ vent	+ ion +	al
together	+ come +	n. +	adj.

（大家會一起來遵循的）

7 **pretend**
(prɪ'tɛnd)

v. 假裝

pre	+ tend
before	+ stretch

8 **appointment**
(ə'pɔɪntmənt)

n. 約會

【男女之間的約會，則是 date】

9 **sailing**
('selɪŋ)

n. 航海

【sailor 則是「水手」】

10 **code**
(kod)

n. 密碼

【bar code 是指「(商品識別) 條碼」】

11 shelter
('ʃɛltɚ)

n. 避難所

【可先記住 shell（殼），可躲藏，並受其保護】

12 electrical
(ɪ'lɛktrɪkl̩)

adj. 用電的

【不要和 electric（電的）搞混】

13 idiom
('ɪdɪəm)

n. 成語；慣用語

idiom ('ɪdɪəm) *n.* 成語；慣用語
idiot ('ɪdɪət) *n.* 白痴

14 canvas
('kænvəs)

n. 帆布

【此字也可作「油畫（布）」解】

15 graduate
('grædʒʊ,et)

v. 畢業

【此字源自於 grade（分數；等級），拿到某個等級的學位】

16 loyal
〔ˈlɔɪəl〕

adj. 忠誠的

【不要和 royal（皇家的）搞混】

17 circus
〔ˈsɝkəs〕

n. 馬戲團

【circ 是表 circle（圓圈）的字根，在一個圓形的場地裡表演】

18 rhyme
〔raɪm〕

v. 押韻

> rhyme〔raɪm〕*v.* 押韻
> rhythm〔ˈrɪðəm〕*n.* 節奏

19 farewell
〔ˈfɛrˈwɛl〕

n. 告別

> fare ＋ well
> ｜　　　｜
> go ＋ 良好地

（告別時，會祝對方一路順風）

20 universal
〔ˌjunəˈvɝsḷ〕

adj. 普遍的；全世界的

【名詞是 universe〔ˈjunəˌvɝs〕*n.* 世界；宇宙】

UNIT 45

1. Alice is a virtual <u>slave</u>, working seven days a week with no vacations.

2. We <u>disputed</u> which singer is the best.

3. Nothing can <u>replace</u> a mother's love.

4. The pianist received a round of <u>applause</u>.

5. Cutting the <u>stems</u> of the flowers makes them last longer.

6. James is too <u>conventional</u> to be interested in a crazy idea like that.

7. Steven <u>pretended</u> to be ill so that he could stay home from school.

8. I'm sorry I can't have lunch with you; I have a prior <u>appointment</u>.

9. Many people like to go <u>sailing</u> on the lake.

10. We can't read the message written in <u>code</u>.

UNIT 45

1 愛麗絲事實上是個<u>奴隸</u>，每週工作七天，沒有假期。

2 我們<u>爭論</u>哪位歌手是最棒的。

3 沒有什麼東西能<u>取代</u>母親的愛。

4 這位鋼琴家得到一陣<u>掌聲</u>。

5 將花的<u>莖部</u>剪下，能使它們持續較久而不凋謝。

6 詹姆斯太<u>保守</u>了，不會對像那樣瘋狂的想法感興趣。

7 史蒂文<u>假裝</u>生病，爲了能待在家裡不去學校。

8 很抱歉，我沒辦法跟你吃午餐；我事先有<u>約</u>了。

9 很多人喜歡在湖上<u>航行</u>。

10 我們看不懂這個用<u>密碼</u>寫的信息。

11 The original meaning of home is the best
<u>shelter</u> where one can go for help.

12 It is a good idea to turn off <u>electrical</u>
appliances during a severe thunderstorm.

13 <u>Idioms</u> can be difficult to understand
because they often have a special meaning.

14 The tent is quite heavy because it is made
of <u>canvas</u>.

15 We will all <u>graduate</u> from high school in
June.

16 He wanted to be <u>loyal</u> to his family.

17 The children enjoyed the <u>circus</u> very
much, particularly the trapeze artists and
the lion tamer.

18 Not all poems <u>rhyme</u>.

19 Albert said he had to leave and we bid him
<u>farewell</u>.

20 The desire to be liked by others is <u>universal</u>.

¹¹ 家最原始的意義是最好的<u>避難所</u>，那裡是
尋求幫助的地方。

¹² 在猛烈的雷雨期間，關掉<u>電器</u>是個好主意。

¹³ <u>成語</u>可能很難理解，因為它們常有特殊的
意義。

¹⁴ 帳棚相當重，因為它是<u>帆布</u>製的。

¹⁵ 我們全都會在六月時從高中<u>畢業</u>。

¹⁶ 他想要<u>忠於</u>家庭。

¹⁷ 小孩非常喜歡<u>馬戲團</u>，尤其是空中飛人和
馴獅人。

¹⁸ 並非所有的詩都有<u>押韻</u>。

¹⁹ 艾伯特說他必須離開了，於是我們向他
<u>告別</u>。

²⁰ 希望被別人喜歡是很<u>普遍</u>的願望。

UNIT 46

Unit 46～50

¹ **expectation**
(ˌɛkspɛkˈteʃən)

n. 期待；預期
【*live up to* one's *expectations*
不辜負某人的期望】

² **threaten**
(ˈθrɛtn̩)

v. 威脅
【名詞是 threat (威脅)】

³ **mental**
(ˈmɛntl̩)

adj. 心理的；精神的
【相反詞是 physical (ˈfɪzɪkl̩)
adj. 身體的】

⁴ **infer**
(ɪnˈfɝ)

v. 推論

in	+	fer
|		|
into	+	*carry*

⁵ **paradise**
(ˈpærəˌdaɪs)

n. 天堂；樂園
【an earthly paradise 的意思
是「人間天堂」】

6 generosity
(ˌdʒɛnəˈrɑsətɪ)

n. 慷慨
【形容詞是 generous
(ˈdʒɛnərəs) *adj.* 慷慨的】

7 supervisor
(ˌsupəˈvaɪzə)

n. 管理人；監督人

```
super + vis + or
  |      |    |
above + see + 人
```

8 crop
(krɑp)

n. 農作物
【「採收農作物」是 gather/
harvest/reap a crop】

9 breath
(brɛθ)

n. 呼吸
【動詞是 breathe (brið) *v.*
呼吸】

10 wrinkle
(ˈrɪŋkl̩)

n. 皺紋
【形容詞是 wrinkled（有皺紋
的）】

11 muddy
(ˈmʌdɪ)

adj. 泥濘的
【名詞是 mud (泥巴)】

12 vanish
(ˈvænɪʃ)

v. 消失

van	+	ish
empty	+	*v.*

13 equivalent
(ɪˈkwɪvələnt)

adj. 相等的
【*be equivalent to* 等於】

equi	+	val	+	ent
equal	+	*value*	+	*adj.*

14 blush
(blʌʃ)

v. 臉紅

【blush = flush = redden 】

15 flash
(flæʃ)

n. 閃光
【flash + light = flashlight (手電筒)】

16 resign
〔rɪ'zaɪn〕

v. 辭職

re	+	sign
again	+	簽名

17 harsh
〔harʃ〕

adj. 嚴厲的

【背這個字，可先記 hard，hard 也可作「嚴厲的」解】

18 rage
〔redʒ〕

n. 憤怒

【*fly into a rage* 勃然大怒】

19 disagree
〔,dɪsə'gri〕

v. 不同意；意見不合

【相反詞是 agree（同意）】

20 stare
〔stɛr〕

v. 凝視；瞪視

【stare = star（星星）+ e，stare = gaze】

UNIT 46

1. He works very hard to live up to his father's <u>expectations</u>.

2. The woman was <u>threatened</u> by the robber, so she gave him her purse.

3. His problem is <u>mental</u>, not physical.

4. I <u>inferred</u> from his enthusiasm that he is satisfied with his new position.

5. Chris didn't like the beach, but I thought it was <u>paradise</u>.

6. The <u>generosity</u> of his donation is amazing.

7. The <u>supervisor</u> explained the regulations to the workers.

8. Rice is an important <u>crop</u> in this country.

9. Take a deep <u>breath</u>, and you'll feel calmer.

10. Alice has no <u>wrinkles</u> on her face.

UNIT 46

¹ 他很認真工作，不想辜負父親的<u>期望</u>。

² 這位女士被強盜<u>威脅</u>，所以把皮包給了他。

³ 他的問題是<u>心理的</u>，而不是身體的。

⁴ 我從他的熱忱<u>推論</u>出，他對新職位感到很滿意。

⁵ 克里斯不喜歡海邊，但是我認為它是個<u>天堂</u>。

⁶ 他<u>慷慨</u>的捐款令人驚訝。

⁷ 這位<u>管理人</u>向員工解釋規定。

⁸ 在這個國家稻米是重要的<u>農作物</u>。

⁹ 如果你做個深<u>呼吸</u>，就會覺得比較冷靜。

¹⁰ 愛麗絲的臉上沒有<u>皺紋</u>。

¹¹ The road was <u>muddy</u> after the heavy rain.

¹² With a wave of his hand, the magician made the rabbit <u>vanish</u>.

¹³ A nickel is <u>equivalent</u> to five cents.

¹⁴ The girl <u>blushed</u> in embarrassment when her secret was found out.

¹⁵ We were startled by a <u>flash</u> of light and then realized that it was lightning.

¹⁶ When Chris did not get the promotion he decided to <u>resign</u> and look for another job.

¹⁷ Barry was upset by the others' <u>harsh</u> criticism of his artwork.

¹⁸ My parents flew into a <u>rage</u> when they saw my bad grades.

¹⁹ We <u>disagree</u> on what the best place to spend our vacation would be.

²⁰ Joan could not help but <u>stare</u> at the seven-foot-tall man.

¹¹ 大雨過後，這條路變得<u>泥濘</u>。

¹² 魔術師把手一揮，就使兔子<u>消失</u>了。

¹³ 一個五分錢硬幣<u>等於</u>五個一分錢硬幣。

¹⁴ 當這位女孩的秘密被發現時，她尷尬得<u>臉紅</u>了。

¹⁵ 我們被一道<u>閃光</u>嚇了一跳，然後才知道那是閃電。

¹⁶ 當克里斯沒有得到升遷時，他就決定<u>辭職</u>找別的工作。

¹⁷ 貝瑞對於其他人<u>嚴厲</u>批評他的藝術品感到不高興。

¹⁸ 當父母看到我的爛成績時，他們就勃然<u>大怒</u>。

¹⁹ 對於去哪裡度假最好，我們<u>意見不合</u>。

²⁰ 瓊忍不住<u>盯著</u>那位七呎高的男士<u>看</u>。

UNIT 47

1 awake
(ə'wek)

adj. 醒著的　*v.* 醒來
【相反詞是 asleep（睡著的），
「睡著」則是 fall asleep】

2 neglect
(nɪ'glɛkt)

v. 忽略

neg + lect
| 　　 |
not + *choose*

3 meantime
('min,taɪm)

n. 其間
【***in the meantime*** 在這期間】

4 suspend
(sə'spɛnd)

v. 暫停
【suspend 也作「懸掛」解】

5 publicity
(pʌb'lɪsətɪ)

n. 知名度；出名
【形容詞是 public（眾所周知的）】

6 intellectual
(ˌɪntḷˈɛktʃʊəl)

adj. 智力的

intel	+	lect	+	ual
between	+	choose	+	adj.

（分辨事物的能力）

7 conference
(ˈkɑnfərəns)

n. 會議

【conference = meeting】

8 recovery
(rɪˈkʌvərɪ)

n. 恢復

【recovery = re + cover（覆蓋）+ y】

9 encounter
(ɪnˈkaʊntɚ)

v. 遭遇

en	+	counter
in	+	against

10 series
(ˈsɪrɪz)

n. 一系列；一連串

【*a series of* 一系列的】

11 accompany
(ə'kʌmpənɪ)

v. 陪伴

```
ac + company
 |      |
to +   同伴
```

12 per
(pɚ)

prep. 每
【per = for each = for every】

13 fortunately
('fɔrtʃənɪtlɪ)

adv. 幸運地
【fortunately = luckily】

14 translate
(træns'let)

v. 翻譯
【translate 是「筆譯」,
interpret 則是「口譯」】

15 drought
(draʊt)

n. 乾旱
【drought 源自於 dry (乾的)】

16 lecture
('lɛktʃɚ)

n. 講課；演講

```
lect + ure
 |      |
read +  n.
```

17 demand
(dɪ'mænd)

v. 要求

【此字也可當名詞，作「需求」
解，supply and demand 即
「供需」】

18 solar
('solɚ)

adj. 太陽的

【「月亮的」是 lunar ('lunɚ)】

19 irregular
(ɪ'rɛgjəlɚ)

adj. 不規則的

```
ir + regul + ar
 |     |      |
not + rule + adj.
```

20 laboratory
('læbərə,torɪ)

n. 實驗室

【lab 是 laboratory 的簡稱】

UNIT 47

1 Larry <u>awoke</u> when the phone rang.

2 Heidi <u>neglected</u> the plants and they died.

3 I was playing in the yard; in the <u>meantime</u> my sister was cleaning the house.

4 The program was <u>suspended</u> for two weeks.

5 Movie stars often seek <u>publicity</u>.

6 Nutrition is important for children's <u>intellectual</u> development.

7 There is a national <u>conference</u> on cancer in New York.

8 Exercise helps in the <u>recovery</u> of patients with back ailments.

9 We <u>encountered</u> many problems on the way.

10 J.K. Rowling wrote a <u>series</u> of books about a boy wizard.

UNIT 47

¹ 電話響的時候，賴瑞醒來了。

² 海蒂忽略了植物，於是它們就枯萎了。

³ 我在院子玩；在這期間，姐姐在打掃房子。

⁴ 這個節目暫停兩個禮拜。

⁵ 電影明星常在追求知名度。

⁶ 營養對小孩的智力發展是很重要的。

⁷ 在紐約有個關於癌症的全國性會議。

⁸ 運動能幫助有背部疾病的病人康復。

⁹ 我們進行的時候遇到許多問題。

¹⁰ J.K. 羅琳寫了一系列關於一位少年巫師
  的書。

11 I <u>accompanied</u> my sister to the store.

12 Gas prices have risen by three dollars <u>per</u> liter.

13 My alarm clock did not go off but, <u>fortunately</u>, I was not late for school.

14 This software program will <u>translate</u> English to French.

15 We face a water shortage due to the severe <u>drought</u>.

16 Please listen carefully to the <u>lecture</u>.

17 The irate customers <u>demanded</u> a refund.

18 <u>Solar</u> energy does not cause any pollution.

19 The <u>irregular</u> tempo of the music makes it quite difficult for performers to play.

20 The doctor has sent the patient's blood to the <u>laboratory</u> for tests.

11 我<u>陪</u>妹妹去那家店。

12 油價<u>每</u>公升漲三塊。

13 我的鬧鐘沒有響,但<u>幸運的是</u>,我上學沒遲到。

14 這個軟體程式可以把英文<u>翻譯</u>成法文。

15 因為嚴重的<u>乾旱</u>,我們面臨缺水。

16 請仔細聽這場<u>演講</u>。

17 憤怒的顧客<u>要求</u>退錢。

18 <u>太陽</u>能不會造成任何污染。

19 這首樂曲<u>不規則的</u>拍子使演奏者很難彈奏。

20 醫生把病人的血送到<u>實驗</u>室做檢驗。

UNIT 48

¹ **pity**
〔'pɪtɪ 〕

n. 可惜的事
【形容詞是 pitiful (令人同情的)】

² **barrier**
〔'bærɪə 〕

n. 阻礙；障礙物
【先背 bar (棒狀物；柵欄)】

³ **moral**
〔'mɔrəl 〕

adj. 道德的

> <u>moral</u> 〔'mɔrəl 〕 adj. 道德的
> <u>morale</u> 〔 mo'ræl 〕 n. 士氣

⁴ **alcohol**
〔'ælkə,hɔl 〕

n. 酒；酒精
【alcoholic 除了作「含酒精的」解
外，也可指「酒鬼」】

⁵ **hollow**
〔'halo 〕

adj. 中空的
【相反詞是 solid 〔'salɪd 〕 adj.
實心的】

6 practical
('præktɪkl̩)

adj. 實用的

【名詞是 practice ('præktɪs) *n.*
實行】

7 owe
(o)

v. 欠

【owe 源自於 own（擁有），
表示有東西要還人家】

8 slice
(slaɪs)

n. 片；薄片

【*a slice of bread* 一片麵包】

9 distribute
(dɪ'strɪbjut)

v. 分配；分發

dis	+	tribute
apart	+	give

10 resemble
(rɪ'zɛmbl̩)

v. 像

resemble (rɪ'zɛmbl̩) *v.* 像
assemble (ə'sɛmbl̩) *v.* 裝配

11 structure
（'strʌktʃɚ）

n. 結構
【struct 是表 build 的字根】

12 cooperate
（ko'ɑpə,ret）

v. 合作
【先背 operate（操作），一起操作，就是「合作」】

13 precise
（prɪ'saɪs）

adj. 精確的
【precise = exact】

14 architect
（'ɑrkə,tɛkt）

n. 建築師

> arch（ɑrtʃ）n. 拱門
> architect（'ɑrkə,tɛkt）n. 建築師

15 scenery
（'sinərɪ）

n. 風景
【scene 是「一場；一幕；部分的景色」，而 scenery 則是指「全部的景色」，即「風景」】

16 committee
(kə'mɪtɪ)

n. 委員會
【動詞是 commit（委託），
-ee 是表「被～的人」】

17 shortcoming
('ʃɔrt,kʌmɪŋ)

n. 缺點
【shortcoming = fault
= defect = drawback
= weakness】

18 elegant
('ɛləgənt)

adj. 優雅的

e	+	leg	+	ant
out	+	*choose*	+	*adj.*

19 immigrant
('ɪməgrənt)

n. （來自外國的）移民
【emigrant ('ɛməgrənt) *n.*
（移出的）移民】

20 grieve
(griv)

v. 悲傷
【名詞是 grief（悲傷）】

UNIT 48

1 It is a <u>pity</u> that you missed the party.

2 The fallen tree was a <u>barrier</u> in the road.

3 It is my <u>moral</u> duty to take care of my aunt.

4 It is illegal to sell <u>alcohol</u> to minors.

5 The squirrel built a nest in the <u>hollow</u> trunk of the tree.

6 Although this jacket is not beautiful, it is <u>practical</u> for everyday use.

7 You <u>owe</u> me 400 dollars for the book I bought for you.

8 With some meat, vegetables and two <u>slices</u> of bread, you can make a sandwich.

9 Food was <u>distributed</u> to the needy families.

10 After the earthquake, the city <u>resembled</u> a battlefield.

UNIT 48

1 你錯過這場派對是很<u>可惜的</u>事。

2 這棵倒下的樹在路上是個<u>障礙物</u>。

3 照顧我的阿姨是我<u>道德上的</u>義務。

4 賣<u>酒</u>給未成年者是違法的。

5 松鼠在那棵樹<u>中空的</u>樹幹中築巢。

6 雖然這件夾克不漂亮，但是它在日常使用
上很<u>實用</u>。

7 由於我幫你買了那本書，你<u>欠</u>我四百塊。

8 用一些肉、蔬菜和兩<u>片</u>麵包，你就可以做
三明治。

9 食物被<u>分發</u>給貧困的家庭。

10 地震過後，這座城市就<u>像</u>是一個戰場。

11 The building collapsed because there were problems with its <u>structure</u>.

12 The two classes decided to <u>cooperate</u> in planning the school dance.

13 Please tell me the <u>precise</u> cost of the tour.

14 The house was built under the careful supervision of the <u>architect</u>.

15 We stopped to admire the <u>scenery</u>.

16 The planning <u>committee</u> is made up of 15 members.

17 Carelessness is a serious <u>shortcoming</u>.

18 Her <u>elegant</u> manners impressed everyone at the party.

19 As a recent <u>immigrant</u>, Jean still has a lot to learn about her new home.

20 Nathan's dog died last week and he is still <u>grieving</u>.

¹¹ 這棟建築物倒塌了，因為它的<u>結構</u>有問題。

¹² 這兩個班級決定要<u>合作</u>規畫學校的舞會。

¹³ 請告訴我這趟旅行<u>精確的</u>費用。

¹⁴ 這棟房子是在<u>建築師</u>的細心監督下蓋好的。

¹⁵ 我們停下來欣賞<u>風景</u>。

¹⁶ 這個計畫<u>委員會</u>是由十五個成員組成的。

¹⁷ 粗心是一個很嚴重的<u>缺點</u>。

¹⁸ 她<u>優雅的</u>態度使宴會上的每個人都印象深刻。

¹⁹ 身為一個新<u>移民</u>，琴仍然有很多關於新家的事要學習。

²⁰ 內森的狗上禮拜死了，他仍然很<u>傷心</u>。

UNIT 49

¹ **grin**
〔 grɪn 〕

v. 露齒而笑
【唸 grin 這個字時，就像露齒而笑】

² **luxury**
〔 ˈlʌkʃərɪ 〕

n. 奢侈
【可先記住 lux 是一個洗髮精品牌】

³ **client**
〔 ˈklaɪənt 〕

n. 客戶
【client 通常是指聘請專業人士
（如律師、會計師等）的委託人，
customer 則是指到店家消費的
顧客】

⁴ **rhythm**
〔 ˈrɪðəm 〕

n. 節奏
【形容詞是 rhythmic（ˈrɪðmɪk）
adj. 有節奏的】

⁵ **favorable**
〔 ˈfevərəbḷ 〕

adj. 有利的；贊成的
【先背 favor（ˈfevɚ）n. 贊成】

6 unusual
（ʌn'juʒʊəl）

adj. 不尋常的

【unusual = uncommon = rare】

7 extension
（ɪk'stɛnʃən）

n. 延長

【extension 也可作「（電話）分機」解】

ex + tens + ion
| | |
out + stretch + n.

8 therapy
（'θɛrəpɪ）

n. 治療法

【therapy = treatment】

9 mere
（mɪr）

adj. 僅僅；只

【mere 用在名詞前面】

10 inferior
（ɪn'fɪrɪɚ）

adj. 較差的

【相反詞是 superior（sə'pɪrɪɚ）
adj. 較優秀的】

¹¹ **passion**
('pæʃən)

n. 熱情

passion *n.* 熱情
compassion *n.* 同情

¹² **gene**
(dʒin)

n. 基因

【形容詞是 genetic
(dʒə'nɛtɪk) *adj.* 遺傳的】

¹³ **surround**
(sə'raʊnd)

v. 環繞;包圍

【surroundings (sə'raʊndɪŋz)
n. pl. 周遭環境】

¹⁴ **browse**
(braʊz)

v. 瀏覽

【browse = brow (眉毛) + se】

¹⁵ **widespread**
('waɪd'sprɛd)

adj. 普遍的

【widespread = wide (寬廣
的) + spread (散播)】

16 mostly
〔'mostlɪ〕

adv. 大多

【mostly = mainly = chiefly】

17 vapor
〔'vepɚ〕

n. 蒸氣

【動詞是 vaporize〔'vepə,raɪz〕*v.* 蒸發】

18 escape
〔ə'skep〕

v. 逃走

es	+ cape
out of	+ 披風

（像金蟬脫殼，只留下披風，人已經不在）

19 flock
〔flɑk〕

n.（羊、鳥）群

【flock 當動詞時，作「聚集」解；flock = group】

20 heal
〔hil〕

v. 痊癒

【heal + th = health〔hɛlθ〕*n.* 健康】

UNIT 49

¹ Jack <u>grinned</u> when I told him the joke,
but he didn't laugh out loud.

² A life of <u>luxury</u> requires a lot of money.

³ The salesman had an important meeting
with his <u>client</u>.

⁴ Dennis couldn't match the <u>rhythm</u> of the
rest of the band.

⁵ The boss is <u>favorable</u> toward our plan.

⁶ It is rather <u>unusual</u> to see someone with
pink hair.

⁷ May I have an <u>extension</u> of one week for
paying my bill?

⁸ Rest is good <u>therapy</u> for a cold.

⁹ We've been waiting a <u>mere</u> five minutes.

¹⁰ This TV is expensive, but it is <u>inferior</u>.

UNIT 49

¹ 當我告訴傑克這個笑話時,他<u>露齒而笑</u>,
但沒有放聲大笑。

² <u>奢侈</u>的生活需要很多錢。

³ 這位業務員和<u>客戶</u>有一個重要的會面。

⁴ 丹尼斯無法配合樂團其他人的<u>節奏</u>。

⁵ 老闆<u>贊成</u>我們的計畫。

⁶ 看到有粉紅色頭髮的人是相當<u>不尋常的</u>。

⁷ 我能<u>延期</u>一個禮拜付款嗎?

⁸ 休息對感冒是很好的<u>治療</u>。

⁹ 我們<u>只</u>等了五分鐘。

¹⁰ 雖然這台電視很貴,但是它<u>比較差</u>。

¹¹ Young people often have more <u>passion</u> for politics than their elders.

¹² Scientists believe that certain <u>genes</u> can determine everything from our eye color to our personality.

¹³ When the young singer appeared, he was <u>surrounded</u> by hundreds of his fans.

¹⁴ I <u>browsed</u> in the bookstore, but I didn't see anything I wanted to buy.

¹⁵ The <u>widespread</u> use of poisonous chemical fertilizers has declined.

¹⁶ I spend my free time <u>mostly</u> watching TV.

¹⁷ The boiling water produced a thick <u>vapor</u>.

¹⁸ He <u>escaped</u> from jail by climbing over a wall.

¹⁹ A <u>flock</u> of birds flew overhead.

²⁰ If you keep the wound clean and dry, it will <u>heal</u> soon.

¹¹ 年輕人對政治比老一輩有更多的<u>熱情</u>。

¹² 科學家相信某些<u>基因</u>可以決定一切,從我們眼睛的顏色到個性。

¹³ 當這位年輕歌手出現時,他就被數百名的歌迷<u>包圍</u>。

¹⁴ 我<u>瀏覽</u>了這間書店,但是我沒有看到任何想買的東西。

¹⁵ 有毒化學肥料的<u>普遍</u>使用已經減少了。

¹⁶ 我的空閒時間<u>大多</u>花在看電視。

¹⁷ 煮沸的水產生濃濃的<u>蒸氣</u>。

¹⁸ 他翻牆<u>逃</u>出監獄。

¹⁹ 一<u>群</u>鳥在空中飛。

²⁰ 如果你保持傷口乾淨及乾燥,它很快就會<u>痊癒</u>。

UNIT 50

¹**rear**
〔 rɪr 〕

adj. 後方的   *n.* 後面
【此字也可當動詞，作「養育」解】

²**recession**
〔 rɪˈsɛʃən 〕

n. 不景氣

re	+ cess	+ ion
back +	*go* +	*n.*

³**disaster**
〔 dɪzˈæstɚ 〕

n. 災難
【形容詞是 disastrous
〔 dɪzˈæstrəs 〕 *adj.* 悲慘的】

⁴**starve**
〔 stɑrv 〕

v. 飢餓
【先背 star（星星），因為太餓，
餓到眼冒金星】

⁵**award**
〔 əˈwɔrd 〕

v. 頒發
【Academy Award（奧斯卡金像獎）
的 award 是名詞，作「獎」解】

6 nevertheless
〔ˌnɛvəðəˈlɛs〕

adv. 儘管如此；不過

【never + the + less】

7 psychological
〔ˌsaɪkəˈlɑdʒɪkl̩〕

adj. 心理上的

psycho	+ log(y)	+ ical
soul	+ *study*	+ *adj.*

8 interact
〔ˌɪntəˈækt〕

v. 相互作用

【inter- 是表 between 的字首】

9 relieve
〔rɪˈliv〕

v. 減輕

【名詞是 relief（放心）】

re	+ lieve
again	+ *lift*

10 engage
〔ɪnˈgedʒ〕

v. 從事；訂婚

【*engage in* 從事；參與】

11 nonsense
('nɑnsɛns)

n. 胡說八道

【先背 sense (意義)，說些沒意義的話，就是「胡說八道」】

12 ensure
(ɪn'ʃur)

v. 確保

【與 insure (為…投保) 的發音相同】

13 adapt
(ə'dæpt)

v. 適應

adapt (ə'dæpt)	*v.*	適應
adopt (ə'dɑpt)	*v.*	採用
adept (ə'dɛpt)	*adj.*	熟練的

14 permanent
('pɜmənənt)

adj. 永久的

【相反詞是 temporary ('tɛmpə,rɛrɪ) *adj.* 暫時的】

15 frown
(fraun)

v. 皺眉頭

【frown = knit the brows】

16 dump
〔 dʌmp 〕

v. 傾倒

【把情人或另一半甩掉或拋棄，也可用 dump（拋棄）】

17 normal
〔 'nɔrml̩ 〕

adj. 正常的

【相反詞是 abnormal
〔 æb'nɔrml̩ 〕adj. 不正常的】

18 leisure
〔 'liʒɚ 〕

n. 空閒　adj. 空閒的

【*leisure time* 空閒時間
（= *free time* = *spare time*）】

19 personality
〔 ‚pɝsn̩'ælətɪ 〕

n. 個性

【先背 personal（個人的）；
personality = character】

20 depress
〔 dɪ'prɛs 〕

v. 使沮喪

UNIT 50

1 All deliveries should be made at the <u>rear</u> of the building, not at the front door.

2 Many people lose their jobs in a <u>recession</u>.

3 A bad harvest is a <u>disaster</u> for the country.

4 Without food we would <u>starve</u> to death.

5 The judges <u>awarded</u> the first prize to Peggy.

6 John is short but he is a good basketball player <u>nevertheless</u>.

7 Abused children may suffer some <u>psychological</u> problems.

8 These two chemicals will <u>interact</u> and produce a gas with a terrible smell.

9 My headache was <u>relieved</u> after I took the painkiller.

10 They <u>engaged</u> in a long discussion.

UNIT 50

¹ 所有的東西應該送到這棟建築物的<u>後面</u>，不是前門。

² 許多人在<u>不景氣</u>的時候失業。

³ 收成不好對這個國家來說是個<u>災難</u>。

⁴ 沒有食物，我們就會<u>餓死</u>。

⁵ 裁判把第一名<u>頒</u>給佩姬。

⁶ 約翰的個子矮，<u>不過</u>他籃球打得很好。

⁷ 受虐兒可能會有<u>心理上的</u>問題。

⁸ 這兩種化學藥品會<u>相互作用</u>，產生一種難聞的氣體。

⁹ 吃了止痛藥後，我的頭痛就<u>減輕</u>了。

¹⁰ 他們<u>參與</u>了一場漫長的討論。

11 The man was so drunk that he was speaking <u>nonsense</u>.

12 We locked the door to <u>ensure</u> that no one could open it.

13 We found it difficult to <u>adapt</u> to the weather.

14 The stain on the sofa is <u>permanent</u>.

15 Why are you <u>frowning</u>?

16 The truck <u>dumped</u> the sand next to the building site.

17 Thirty degrees is a <u>normal</u> temperature for this time of year.

18 I am so busy that I have no <u>leisure</u> time for sport.

19 Diana has such a wonderful <u>personality</u> that everyone likes her.

20 The players were <u>depressed</u> by their failure to win the game.

¹¹ 這位男士醉得胡説八道。

¹² 我們鎖上門，以確保沒有人可以把門打開。

¹³ 我們覺得很難適應這個天氣。

¹⁴ 沙發上的污垢是永久的。

¹⁵ 你爲什麼皺眉頭？

¹⁶ 卡車把沙子傾倒在建築用地旁邊。

¹⁷ 一年當中的這個時候，三十度是正常的溫度。

¹⁸ 我忙到沒有空閒時間可以運動。

¹⁹ 黛安娜有很好的個性，每個人都很喜歡她。

²⁰ 未能贏得比賽，選手們都很沮喪。

單字索引

A

abandon 129
aboard 242
absence 314
absolute 345
absorb 76
abuse 234
academic 132
accent 81
access 2
accommodate 282
accompany 371
accomplish 123
accurate 114
accuse 1
accustomed 3
ache 73
acid 89
acquaint 139
acquire 252
actual 98
adapt 395
additional 289
adequate 28
adjust 51
administration 321

admirable 162
admission 35
advertise 148
affection 9
afford 57
aged 4
aggressive 258
alcohol 377
alert 89
allowance 202
alternative 348
ambassador 236
ambition 12
amid 82
amuse 145
analysis 17
ancestor 26
anniversary 259
announce 52
annoy 225
annual 291
anxious 225
anyhow 323
apart 84
apology 132
apparent 156
appeal 178
appetite 9
applause 353

appliance 36
appointment 354
appreciation 292
approach 234
appropriate 323
approve 204
architect 379
argument 146
arise 260
arouse 106
artificial 26
assemble 18
assign 218
associate 209
assure 203
astonish 339
astronaut 57
atmosphere 275
atomic 33
attach 236
attempt 172
attitude 147
attract 98
audio 140
author 308
authority 212
automatic 98
auxiliary 33
avenue 145

average 114
await 35
awake 369
award 393
awful 180

B

background 347
bacteria 58
ban 289
bare 194
barrier 377
battery 316
bay 284
beg 52
bend 337
beneath 185
benefit 68
bet 73
bleed 155
bless 268
bloom 306
blush 363
bold 131
border 332
bow 305
breath 362
breed 187
brilliant 41
browse 387
budget 299
bury 330

C

calculate 84
camel 210
campaign 275
candidate 297
canvas 355
capacity 204
capital 211
capture 329
carve 162
cast 164
casualty 49
caterpillar 193
cattle 220
cave 228
cease 243
celebration 316
ceremony 138
certificate 73
chain 155
challenge 75
characteristic 257
charity 26
charm 283
chat 347
check 187
cheerful 50
cherish 51
chew 188
chip 156
chore 298

cigarette 265
circumstance 329
circus 356
civilize 60
click 73
client 385
clip 74
clue 242
clumsy 233
coarse 265
code 354
collapse 210
colony 292
combine 75
comfort 90
commercial 82
commission 324
commit 76
committee 380
communicate 50
community 195
companion 49
compete 132
competition 83
complaint 89
complex 20
complicated 97
compliment 273
compose 97
compound 19
comprehension 52

compute 74
conceal 98
concentrate 28
concept 193
concerning 1
concert 81
conclude 124
concrete 81
condition 90
conduct 43
conference 370
confess 105
confidence 177
confine 108
confront 105
confusion 251
congratulate 106
congress 106
connection 340
conquer 212
conscience 202
conscious 114
consequence 121
conservative 313
considerate 121
consist 227
constant 107
constitute 115
construct 281
consult 123
consume 76

contemporary 291
content 172
contest 241
context 129
continent 137
continuous 161
contrary 130
contrast 179
contribute 122
convenience 323
conventional 354
converse 130
convey 193
convince 43
cooperate 379
cope 169
correspond 250
council 113
counter 36
courteous 138
crack 235
crash 332
crawl 305
creative 2
credit 220
creep 201
crew 139
criminal 100
cripple 153
crisp 267
critical 145
criticism 169

crop 362
crow 2
cruelty 244
crush 219
crutch 210
crystal 275
cue 146
cultivate 153
cultural 307
cunning 9
cupboard 203
curiosity 130
curl 153
cycle 338

D

dairy 257
damn 203
dare 116
dash 211
decade 300
decay 19
deceive 266
declaration 58
decline 108
decoration 155
deed 28
defeat 155
defend 227
defense 163
define 12
definite 170
delegate 185

delete 243
delicate 235
delight 164
delivery 4
demand 372
demonstrate 226
departure 186
dependent 346
deposit 105
depress 396
deputy 162
deserve 283
despair 179
desperate 210
despite 75
destination 315
destroy 34
destruction 11
detail 131
detective 19
device 33
devil 41
devise 338
devote 84
differ 17
digest 156
digital 274
dignity 244
dim 177
dine 225
diploma 186
disabled 307
disagree 364

disappoint 107
disapprove 185
disaster 393
discipline 68
discount 259
discourage 291
discovery 57
disease 154
disguise 186
disgust 186
dismiss 60
disorder 322
display 177
dispute 353
distinct 249
distinguish 99
distribute 378
donate 252
dormitory 28
dose 59
doubtful 138
dreadful 282
drift 346
drought 371
drown 234
due 170
dump 396
duration 315
dye 170

E

eager 251

earnest 324
economy 34
edit 57
educate 244
efficiency 139
efficient 74
elaborate 265
elastic 122
electrical 355
elegant 380
eliminate 297
embassy 212
emergency 313
emphasis 2
empire 340
enable 281
enclose 218
encounter 370
endanger 50
endure 27
enforce 75
engage 394
enormous 217
enroll 114
ensure 395
entertain 179
enthusiastic 100
entry 268
environmental 337
equivalent 363
erase 1
erect 306

errand 82
escape 388
essential 60
establish 171
estimate 171
eventually 185
evidence 34
evolution 226
exactly 137
exaggerate 233
exception 113
exchange 140
exclaim 74
excursion 41
executive 140
exhaust 43
exhibit 92
expand 299
expectation 361
expense 331
experiment 83
explanation 49
explore 99
expose 42
extension 386
extinct 241
extraordinary 276
extreme 73

F

facial 195

factor 124
fade 330
faint 299
fairly 163
fake 169
familiar 169
fantasy 1
fare 188
farewell 356
fascinate 99
fashion 139
fatal 3
fate 122
favorable 385
feather 123
fetch 11
fierce 306
financial 11
fist 52
fit 20
flame 177
flash 363
flavor 273
flee 11
flexible 194
flock 388
fluent 337
flush 202
foam 20
fold 89
fond 164
forbid 65
forecast 58

forever 345
fortunately 371
fortune 51
found 106
frame 43
freeze 282
frequent 41
frown 395
fulfill 314
fund 329
furthermore 298

G

gallery 132
gallon 273
gamble 3
gang 332
gene 387
generally 97
generosity 362
genuine 92
gigantic 218
govern 153
grab 163
gradually 329
graduate 355
grasp 42
greasy 297
grieve 380
grin 385
grocery 188
guarantee 108

H

halt 274
handicapped 84
harbor 307
harm 11
harmony 338
harsh 364
harvest 188
heal 388
heaven 290
herd 28
hesitate 321
hidden 348
hollow 377
holy 91
horrify 92
household 345
hug 281
hurricane 313

I

ideal 218
identical 297
identify 324
idiom 355
ignorance 1
illegal 204
illustrate 204
imaginary 10
imitate 156
immediate 91

immigrant 380
impact 57
impatient 89
imply 187
impose 156
impress 26
inadequate 300
incident 235
include 331
increasingly 129
indeed 74
independence 19
indication 137
industrial 3
inevitable 59
infant 9
infect 44
infer 361
inferior 386
inflation 196
inform 10
inherit 211
initial 98
injure 44
inquire 274
insert 276
inspiration 211
install 10
instead 115
instinct 138
institute 227

instruct 44
insult 313
insurance 340
intellectual 370
intelligence 66
intend 131
intensify 193
interact 394
interfere 233
internal 59
interpret 243
intimate 123
introduction 347
invade 257
invention 283
invest 132
invisible 194
involve 35
irregular 372
isolate 203
issue 315
itch 148

J / K

jail 250
journal 233
journey 257
judgment 243
jungle 284
justice 81
keen 274

L

label 257
labor 121
laboratory 372
lag 49
landscape 187
last 284
launch 316
lead 347
lecture 372
legend 346
leisure 396
lengthen 315
liberal 252
license 123
limitation 35
liquor 283
literature 249
litter 202
liver 298
locate 155
logical 251
loneliness 265
loose 193
loyal 356
lung 329
luxury 385

M

magnificent 18
mainland 139

mainly 276
majority 154
manage 25
mankind 251
mansion 50
marble 308
march 116
margin 339
mature 26
meadow 10
mean 97
meantime 369
meanwhile 266
medal 331
melt 300
memorize 18
mental 361
mention 75
mere 386
mighty 170
mild 90
minimum 289
ministry 258
mislead 68
moderate 321
modesty 348
moist 66
monument 17
moral 377
mostly 388
motivate 305
muddy 363
multiple 337

murder 268
mystery 115

N

native 258
nearby 275
neat 308
necessity 49
needy 339
neglect 369
negotiation 235
nerve 201
nevertheless 394
noble 202
nonsense 395
normal 396
nourish 241
nowadays 289
nuclear 196
numerous 210
nutrition 321

O

obedient 34
objective 10
observe 186
obstacle 258
obtain 60
obvious 244
occasion 178
occupy 249

odd 172
offend 137
operator 161
oppose 20
option 163
orbit 289
orchestra 321
organ 131
origin 228
orphan 99
otherwise 171
outcome 235
outline 113
outstanding 84
overall 258
overcome 290
overlook 322
overthrow 348
owe 378

P

pace 300
panel 51
panic 267
parade 331
paradise 361
paragraph 220
participate 259
passion 387
passive 44
patience 43
pave 203

payment 345
peculiar 314
peep 204
per 371
perform 108
permanent 395
permit 282
persist 148
personality 396
persuade 66
pessimistic 217
petal 316
phenomenon 226
philosophy 27
phrase 284
physical 4
pilot 76
pine 226
pity 377
plastic 185
plenty 58
plot 347
plumber 179
poisonous 290
polish 50
political 154
poll 12
pop 106
port 220
portion 348
portray 140
pose 66
possess 148

postpone 322
potential 172
poultry 83
pour 33
poverty 212
practical 378
prayer 68
precise 379
predict 234
preferable 260
pregnant 27
presence 145
preserve 292
presidential 65
pressure 323
pretend 354
prevent 130
preview 65
previous 27
pride 25
primary 124
probable 25
process 59
profession 105
profit 116
progressive 35
prohibit 308
promising 36
promote 100
pronunciation 201
proper 58
property 340

proposal 138
prosperous 196
protest 276
proverb 25
province 153
psychological 394
publicity 369
punch 164
pupil 195
pure 290
pursue 41

Q

qualify 66
quantity 300
quarrel 121
quilt 219
quote 267

R

racial 241
rage 364
rarely 242
raw 113
react 228
realistic 274
rear 393
rebel 338
recall 307
receipt 225
reception 236

recession 393
recite 17
recognition 36
recommend 81
recovery 370
recreation 180
reduce 147
refer 147
reflect 340
reform 281
refuse 18
regarding 25
register 67
regulate 251
rehearsal 137
related 42
relatively 313
relax 122
release 249
relieve 394
religion 177
reluctant 59
rely 259
remain 82
remark 179
remote 291
remove 218
repetition 322
replace 353
represent 178
reputation 90
request 170
rescue 227
research 122

resemble 378
reserve 217
resign 364
resist 147
resolve 298
resource 161
respond 147
restore 20
restrict 82
retain 219
retire 180
reveal 188
revenge 330
revision 97
revolution 107
reward 196
rhyme 356
rhythm 385
rid 196
rifle 162
rival 129
roar 234
robe 169
romantic 316
rot 116
rough 90
routine 194
rug 105
rumor 284

S

sack 148
sacrifice 124

safely 260
sailing 354
sake 228
sanction 292
satellite 154
saying 324
scarce 51
scatter 113
scenery 379
schedule 209
scholar 161
scream 252
seal 345
secondary 314
security 100
seize 146
selection 211
sensitive 281
sentence 145
series 370
session 9
settle 140
severe 76
shallow 265
shame 115
shave 115
shelter 355
shortage 163
shortcoming 380
shortcut 297
sigh 65
signal 324
significant 68
similarity 217

sincerely 92
site 259
situation 290
sketch 322
slave 353
slice 378
slight 91
sob 83
socket 114
solar 372
solid 220
somehow 346
sorrow 315
souvenir 178
spare 283
spiritual 275
spit 181
spoil 339
sponsor 307
staff 18
stare 364
starve 393
status 171
steady 4
steer 187
stem 353
stereo 42
sticky 52
stiff 226
stimulate 260
sting 323
stir 116
strategy 291
strength 92

strict 195
strip 107
strive 124
structure 379
stubborn 209
subject 164
substitute 12
subtract 33
suck 65
suffer 130
sufficient 195
suggestion 129
suicide 154
sum 201
summit 305
superb 267
superior 332
supervisor 362
suppose 17
surgery 225
surrender 60
surround 387
survey 67
suspect 36
suspend 369
suspicious 339
swear 276
sympathy 308
symptom 236

T

tale 241
tap 146

tease 67
technology 91
temper 91
temporary 178
tend 131
tension 172
terminal 250
terrify 4
theme 266
theory 299
therapy 386
threaten 361
tickle 34
tight 108
timber 331
tolerate 19
tone 346
tow 3
tragedy 100
trail 201
transfer 212
transform 244
translate 371
transplant 252
transport 83
tremble 180
tremendous 217
trend 282
tricky 227
triumph 314
tropical 243
twinkle 266

twins 228
twist 330
typical 298

U

underground 330
undertake 299
unfortunately 266
union 67
unite 27
universal 356
unless 171
unusual 386
urge 194

V

vacant 121
vain 233
valuable 337
vanish 363
vapor 388
victim 44
violation 306
virus 268
vision 67
vital 180
vitamin 260
vivid 219
volcano 292

volunteer 249
voyage 162

W

waken 273
wander 242
wealth 146
weave 306
weed 12
weep 338
weigh 42
welfare 209
whip 99
wicked 332
widespread 387
wipe 219
wire 268
wisdom 107
wit 305
withdraw 209
witness 242
worn 2
worthless 250
worthy 236
wrinkle 362

Y/Z

yell 250
youngster 267
zone 273

心得筆記欄

心得筆記欄

中級英檢公佈字彙【錄音版】
Official Word List
Released by the GEPT

附錄音 QR 碼　售價：280 元

主　　　編 / 劉　毅
發 行 所 / 學習出版有限公司
　　　　　　TEL (02) 2704-5525
郵 撥 帳 號 / 05127272 學習出版社帳戶
登 記 證 / 局版台業 2179 號
印 刷 所 / 裕強彩色印刷有限公司
台 北 門 市 / 台北市許昌街 17 號 6F
　　　　　　TEL (02) 2331-4060
台灣總經銷 / 紅螞蟻圖書有限公司
　　　　　　TEL (02) 2795-3656
本公司網址 / www.learnbook.com.tw
電 子 郵 件 / learnbook@learnbook.com.tw

2021 年 1 月 1 日新修訂

4713269383963